Collection
" La Voie
Merveilleuse"

Martinette

○ ○ ○

GYP

○

ILLUSTRATIONS

PHOTOGRAPHIQUES

MARTINETTE

6035-99. — CORBEIL. Imprimerie ÉD. CRÉTÉ.

Collection
"La Voie Merveilleuse"

MARTINETTE

Illustré

Par la **PHOTOGRAPHIE**

d'après **NATURE**

Paris

L ibrairie NILSSON. — PER LAMM, Succr

7, rue de Lille, 7

Je t'assure, ma petite Jeanne, que je ne peux rien te dire de plus... c'est tout ce que je sais... Tu ne me crois pas?...

Madame Launy-Nancey — une jolie femme de

vingt-deux ans, fraîche et ronde, avec des yeux bruns, caressants et curieux et des cheveux blonds qui avaient l'air d'une mousse d'or — tourna vers sa cousine son joli visage où se dessinait la moue qui précède les larmes et répondit, rageuse :

— Ça n'est pas vrai !... tu sais autre chose...

— En vérité, non !... je te jure que non !...

— Je ne te crois pas...

— Alors, va te faire fiche !... — dit brusquement madame La Borde qui se leva.

Mais, tout de suite, d'un geste câlin, Jeanne la retint et, la forçant à se rasseoir :

— Pardon... je te crois...

— Ah !... enfin !...

— Oui... mais... recommence ?...

— Recommence ?... quoi ?...

— Ben... ce que tu m'as déjà raconté...

— Ah ! non !...

— Je t'en prie, Marthe... je t'en prie ?... Elle s'appelle ?...

— Je te l'ai dit...

— Je ne sais plus !... dis encore ?... dis ?... comment s'appelle-t-elle ?...

— Ève de Montmédy...

— Est-ce un nom historique ?...

— Géographique plutôt...

— Pourquoi ?...

— Parce que Montmédy est un petit chef-lieu d'arrondissement...

— Où ça ?...

— En Champagne...

— Tu le connais ?...

— Oui... c'est tout près de chez mon oncle Dupin...

— Elle en est, tu crois, de ce petit pays-là ?...

— C'est bien possible !...

— Alors, ce serait une compatriote de Fernand ?...

— Probablement...

— Ah ! mon Dieu !...

— Pourquoi : « Ah mon Dieu !...» Qu'est-ce que ça te fait ?...

— C'est que, alors, il l'aime peut-être depuis longtemps !...

— Mais il ne l'aime pas... es-tu bête ?...

— Quel âge a-t-elle ?...

— Je te l'ai dit aussi...

— Recommence?...

— Trente-cinq, ou six, ou sept ans... C'est Rambert qui m'a renseignée et il ne sait pas, à un an près, son âge...

— Est-elle jolie?...

— Il dit que non... moi je ne la connais pas...

— Comment ça se fait-il?...

— Dame!... je ne connais pas toutes les cocottes de Paris!...

— Tu as raison!... Et puis, voilà deux ans que nous sommes en deuil... toi de ton mari... moi de papa... Ce que je donnerais pour l'apercevoir!...

— A quoi bon?...

— A voir si elle est plus jolie que moi...

— Mais non, elle n'est pas plus jolie que toi!... d'abord elle a trente-cinq ans...

— Ou six... ou sept...

— Oui... ensuite elle est — c'est toujours Rambert qui parle — assez déchirée pour son âge...

— Tu crois?...

— Comment veux-tu que je le sache?...

— Je veux dire : tu crois Rambert ?...

— Mais oui !... pourquoi ne croirais-je pas Rambert ?...

— Et elle demeure ?...

— Ah ! ça !... je l'ignore totalement... et tu n'as pas non plus besoin de le savoir...

— Au contraire... si je le savais, j'irais attendre dans la rue pour la voir sortir...

— Ça t'avancera à grand'chose de la voir !...

— Mais oui... je veux savoir si elle est tellement mieux que moi...

— Pourquoi veux-tu qu'elle soit mieux que toi ?...

— Parce que je ne suis pas une beauté, moi !... Ah ! si j'étais comme toi !... je serais bien tranquille, va !...

— Tu aurais tort !... — fit en riant madame La Borde — car j'ai été trompée comme pas une...

— Toi !...

— Moi-même !...

— Oh !...

Et la jeune femme regarda sa cousine avec une admiration stupéfaite et incrédule.

Souple, longue, la peau rose, les yeux clairs, les cheveux châtains, soyeux et lourds, madame La Borde attirait l'attention. Sans être d'une beauté régulière, elle était pourtant d'une grande beauté.

Après l'avoir longuement examinée, Jeanne conclut :

— C'est égal !... je changerais bien de physique avec toi !...

— Et ça serait la gaffe... la grande gaffe...

— Oh !...

— Dame !... j'ai trente-deux ans, moi, mon petit !... dix ans de plus que toi !... entends-tu bien ?... dix ans !... Dis donc ?... j'ai une loge pour *la Robe Rouge,* veux-tu y venir avec moi et les Verrières ?...

— Quand ça ?...

— Ce soir...

— Non, ma chérie !... parce que ce soir Fernand dîne à la maison... il part demain pour Les Glycines, alors il n'a pas osé me refuser cette dernière soirée... c'est-à-dire ce dernier dîner, car je suis bien sûre qu'après le dîner il filera retrouver sa cocotte...

— Alors, viens nous rejoindre au Vaudeville ?...

— Non... je n'ai de goût à rien !... Fernand me dit qu'il va aux Glycines pour des plantations... et je parie qu'il va à Nice ou ailleurs avec elle...

— Mais je ne sais pas si elle peut s'absenter comme ça... Rambert dit qu'elle a un protecteur qui ne la lâche pas d'un cran...

— Tant mieux !... Qui est-ce ?...

— Il ne m'a pas dit son nom... c'est un juif très riche, paraît-il...

— Ça doit arranger Fernand qui est plutôt rat !...

— Ma petite Jeannette, il ne faut pas lui reprocher ça... comme la galette est à toi, il ne....

Un domestique ouvrit la porte du salon et dit :

— C'est une femme de chambre qui vient se présenter de la part de madame Gane, la lingère...

— Ah ! oui !... Dites-lui d'attendre un instant...

— Tiens !... — fit madame La Borde étonnée, — Victorine s'en va ?...

— Oui... elle se marie... encore un ennui !... j'ai l'horreur du changement...

— Si je t'empêche de recevoir cette femme de

chambre, je m'en vais, tu sais ?... pourquoi ne la
fais-tu pas entrer à présent ?...

— Ici ?... Tu permets ?...

Madame Lagny-Nancey sonna et donna l'ordre d'introduire la femme de chambre.

C'était une fille de vingt-cinq ans élégante et jolie, très simplement, mais bien habillée d'une jupe et d'une jaquette noires, avec un gentil chapeau bien posé sur une coiffure tranquille. L'ensemble était modeste et discret.

— Vous me plaisez — dit la jeune femme après l'avoir interrogée — et tout ce que madame Gane m'a dit de vous me convient, mais on m'avait recommandé quelqu'un que je dois voir demain matin... je vous donnerai demain une réponse définitive... Revenez à la même heure...

La femme de chambre parut décontenancée. Puis elle répondit :

— Pardon.... mais je ne peux pas attendre à demain, parce que j'ai une autre place en vue et que je dois rendre réponse aujourd'hui... ce serait pour entrer tout de suite... Combien madame donne-t-elle ?...

— Soixante francs....

— Ah !.... c'est que je gagne habituellement plus

que ça... et chez madame de Montmédy j'aurais
quatre-vingts, au moins...

Jeanne avait sauté en l'air. Sa cousine la regardait en riant. A la fin, elle demanda, gênée par le
regard narquois de madame La Borde :

— C'est chez madame Ève de Montmédy que
vous devez entrer ?...

— Oui, madame...

— La cocotte ?...

La jeune fille sourit :

— Ça n'est certainement pas une dame comme
madame... mais il paraît qu'elle est très facile à servir et très généreuse... et puis, monsieur le baron
est si riche !... il doit y avoir des profits...

— Quel baron ?...

— Je ne sais plus !... je sais seulement que c'est
un baron très riche...

— Et... en quoi est-il intéressant pour vous, ce
baron ?...

— Dame !... c'est lui qui paie...

— Ah !... je croyais que... qu'une autre personne
allait dans la maison ?...

— C'est bien possible... mais c'est le baron... — j'ai oublié son nom — qui est en titre... heureusement pour madame de Montmédy !...

Madame La Borde s'était levée. Elle fit signe à sa cousine de venir lui parler et, tout bas :

— Demande-lui donc si elle a déjà été chez Ève de Montmédy ?...

— Pourquoi ?...

— Parce que, si elle n'a pas été vue...

— Eh bien ?...

— Eh bien, moi, à ta place je prendrais la sienne... comme dirait monsieur Prudhomme...

— Mais comment veux-tu ?.. — demanda la jeune femme consternée — comment puis-je...

— C'est tout ce qu'il y a de plus simple, si cette petite n'est pas connue...

— Mais tu n'y penses pas !... et Fernand ?...

— Puisqu'il s'en va demain...

— C'est vrai !...

Et se rapprochant de la femme de chambre qui attendait, droite et correcte, madame Lagny-Nancey demanda :

— Madame de Montmédy vous a-t-elle vue déjà ?...

— Pas encore... On lui a écrit à mon sujet, je

lui conviens, et puisque madame ne peut pas me donner une réponse, je vais tout à l'heure m'entendre avec elle...

— C'est inutile ; mademoiselle ?... comment vous appelez-vous ?...

— Pauline...

— Eh bien, Pauline, je vous prends... à.80 francs par mois... c'est entendu...

— Quand dois-je entrer ?...

— Tout de suite... mais vous allez faire prévenir madame de Montmédy que vous entrez chez elle demain matin...

— Ah !... je vais entrer...

— Non !... pas vous... on vous expliquera...

Quand la petite femme de chambre, docile et un peu narquoise, fut sortie, Jeanne dit à madame La Borde :

— Jamais je n'oserai... jamais !...

— Pourquoi ?... Si tu as si envie de voir cette fille, c'est un moyen bien simple...

— Tu trouves ça, toi !... je vais être gauche, je ne saurai rien faire...

— Que si!... qui peut le plus peut le moins...
nous serions, nous autres, des femmes de chambre
merveilleuses, au contraire...

— Et puis... j'aurai envie de lui sauter à la
figure...

— Çà, mon petit, c'est à éviter...

— Tu te tirerais de là bien mieux que moi?...

— Oui... seulement ça ne te ferait pas voir Ève
de Montmédy...

— C'est vrai!... mais c'est que j'ai une peur abominable!...

— Alors, que veux-tu que je te dise, n'y va
pas!...

— C'est que je voudrais tant savoir comment est
cette femme qui me prend mon mari... mon mari
que j'adore!... tu n'as pas l'air de comprendre
ça?...

— En effet, je n'adorerais pas Fernand...

— Ce n'est pas ça que je veux dire!... mais tu ne
comprends pas le mariage... ni qu'on soit folle de
son mari comme moi...

— Dame non!... J'avais un mari laid, bête et

méchant que je n'adorais pas du tout et dont j'aurais été ravie d'être débarrassée...

— Tu l'es!...

— Oh!... le pauvre homme!... Dieu sait que je n'ai jamais souhaité d'en être débarrassée de cette façon-là... Non!... mais j'aurais souhaité qu'il fît ce qui te fait tant de peine et qui, à moi, m'eût fait tant de plaisir...

— Tu n'es pas sérieuse?...

— Si!... très sérieuse quand il s'agit de toi, ma petite Jeannette... Je suis cause que tu as épousé Fernand... s'il n'eût pas été mon cousin tu ne l'aurais jamais rencontré... Je suis donc un peu responsable de ton chagrin... et si je t'ai donné l'idée d'une extravagance, — car c'est, en somme, une extravagance que d'être, même pour une journée, la femme de chambre d'une cocotte, — c'est que j'espère, de cette entrevue bizarre, quelque chose d'heureux pour toi... pour ton ménage... Ce sera la leçon de chose dont on parle si volontiers et qu'on prend si rarement...

— Alors, c'est décidé?... — demanda craintive-

FERNAND S'ÉCHAPPA EN EMBRASSANT SA FEMME DU BOU
DES LÈVRES (P. 30).

ment la petite madame Lagny-Nancey je fais cette chose énorme ?...

— Tu la fais si ça te chante... je ne t'ai pas donné un conseil, mais plutôt une idée !... Adieu !... je me sauve !... voici Fernand... ton Fernand !...

I

Fernand Lagny-Nancey était ce qu'on est convenu d'appeler un joli garçon.

Vingt-huit ans, grand, mince, habillé à la mode d'après-demain, très fier de sa belle barbe blonde, de ses beaux yeux qu'il roulait intentionnellement et de ses cils en pinceau.

De tous ces charmes, qu'il estimait un très haut prix, il avait — à l'insu d'une famille confiante — enveloppé la candide petite Jeanne.

Jeanne Nancey — des Nancey du champagne — une fillette naïve qui, comme beaucoup de jeunes filles modernes, se croyait très roublarde et revenue de tout alors qu'elle n'était qu'une gentille petite dupe qui ne connaissait rien de rien — s'était éprise de ce garçon incolore et impersonnel au premier chef.

Ayant été peu dans le monde, ayant vu peu de jeunes gens, Jeanne avait gobé avec ardeur les compliments — extrait de banalité — que lui débitait ce monsieur qu'elle admirait de toutes ses forces.

Elle trouvait épatantes les allures et les modes bizarres qu'il affectionnait. En réalité, Fernand Lagny devait donner assez justement une idée de ce qu'avait été le calicot 1830.

Les Nancey, qui étaient des gens sains d'esprit et de corps, avaient lutté de tout leur pouvoir contre le singulier caprice qui jetait leur fille dans les bras d'un individu qu'ils regardaient — à tort ou à raison — comme un propre à rien et un névrosé.

Mais au bout d'un an, lassés par le froid entêtement de Jeanne et craignant de paraître des tyrans ou des gens intéressés, ils avaient cédé. Jeanne, d'ailleurs, avait vingt et un ans. Si, à cet âge, elle n'était pas raisonnable, elle ne le serait jamais.

Et, par un triste jour de décembre, celle qu'on appelait « la jolie petite Nancey » avait mis dans la longue main molle de Fernand Lagny sa petite patoche toute pleine d'argent.

Madame La Borde, la cousine germaine de Fernand, s'était plus que tout autre désolée de ce mariage mal assorti et duquel elle se jugeait responsable.

C'était elle qui avait présenté le jeune homme à ses amis Nancey à Cauterets où ils étaient, elle pour son vieux mari, Fernand pour sa gorge, et les Nancey pour des douleurs.

Pas un instant, madame La Borde n'avait supposé que ce « faux col » — comme elle appelait volontiers son cousin pour blaguer sa morgue et ses allures gourmées — pourrait plaire à la vivace et saine petite bonne femme qu'était Jeanne.

Lorsqu'elle vit le résultat de cette présentation faite sans arrière-pensée, elle en eut un réel chagrin. Et quand — les fiançailles acceptées — elle vit comment Fernand comprenait le mariage, elle prit en horreur ce garçon que, jusque-là, elle avait considéré comme négligeable sans plus.

Le jour où il affirma à sa cousine qu'il était absolument décidé à tromper Jeanne si l'occasion s'en présentait, attendu que la fidélité en ménage n'était pas chose possible pour le mari, elle fut sincèrement indignée, étant donné surtout qu'elle supposait Fernand physiquement incapable de faire même un mari sortable.

Évidemment elle eût, avec ses idées, pardonné plus volontiers à Hercule fiancé d'annoncer son intention de prendre des maîtresses. De la part de ce névrosé, l'attitude lui parut odieuse et la prétention outrecuidante.

Et, un beau jour, elle fit part à sa petite amie — au risque de se brouiller avec elle — des craintes que lui inspirait son bonheur. Elle la prévint que le Fernand qui lui avait tourné la tête ne comptait pas s'en tenir à cette tête jolie et confiante, mais qu'il se préparait, au contraire, à être un mari tout à fait dernier cri.

Ce qui devait arriver arriva. Mademoiselle Nancey

considéra comme une manœuvre de la dernière
heure le récit très franc de sa grande amie. Elle
n'en crut pas un traître mot et le rapporta tout
entier à Fernand, qui poussa des cris de putois et
jura ses grands dieux que jamais il n'avait tenu les
propos infâmes que, pour lui nuire, on lui prêtait.
Madame La Borde fut accusée par Jeanne d'avoir
voulu quand même empêcher le mariage qui devait
faire son bonheur. Elle ne lui en garda pas rancune,
mais elle conserva toujours une méfiance du juge-
ment de sa cousine, au moins en ce qui concernait
« Fernand ».

Ce soir-là Fernand, dès son entrée, avait aperçu
le coussin d'une bergère qui, affaissé, se relevait peu
à peu effaçant ses cassures et reprenant sa rondeur
accoutumée.

Il comprit que quelqu'un qui était là venait de
partir à l'instant et demanda, méfiant :

— Qui est-ce qui était là ?... je parie que c'est
Marthe ?...

— Justement !...

— Elle cassait du sucre sur moi, sans doute?...

— Pas le moins du monde...

— Ça m'étonne!...

Il regarda l'heure et demanda, impatient :

— On ne dîne donc pas aujourd'hui?...

— Mais... est-ce qu'il est huit heures?...

— Je ne sais pas... les pendules ne vont jamais !...

c'est que je suis pressé... j'ai mille choses à faire
ce soir...

— Vous partez toujours demain ?...

— Toujours !...

— A quelle heure ?...

— A neuf heures... il n'y a que ce train-là pour
Bar-le-Duc, vous savez bien ?...

Elle demanda, en posant sur son mari ses beaux
yeux tendres et inquiets :

— C'est vrai que tu... que vous allez aux Glycines ?...

— Mais oui... où voulez-vous que j'aille ?...

— . . . .

— Je suis curieux de savoir où vous vous ima-
ginez que je vais ?...

— Mais... nulle part...

— Alors, ce que vous dites est absurde !... Oui, je
vais aux Glycines pour les plantations... et ensuite
à Bar pour les affaires...

— Quand reviendrez-vous ?...

— Dans quatre ou cinq jours... Qu'est-ce que
vous avez ?... vous avez l'air tout drôle...

— Drôle ?... moi ?... — fit la jeune femme qui se
secoua.

Elle pensait que le lendemain, à dix heures, elle

entrerait chez Ève de Montmédy et qu'elle n'avait
pas à craindre d'y voir arriver Fernand car, vraiment, son voyage semblait sérieux. Et son joli
visage reflétait ses préoccupations.

Monsieur Lagny-Nancey reprit brusquement :

— Oui !... l'air drôle !... l'air chose, si vous aimez
mieux ?...

Un domestique annonça :

— Madame est servie !...

Dans la coquette salle à manger toute blanche,
ils dinèrent rapidement sans presque dire un mot
sous les yeux moqueurs du maître d'hôtel. Et, tout
de suite après le dîner, Fernand s'échappa en embrassant du bout des lèvres sa femme qui pensa,
sans se tromper, cette fois :

— Il va chez sa cocotte...

Restée seule, elle prépara soigneusement l'esca-
pade du lendemain.

Aucune de ses robes ne pouvait convenir. Elle
dut emprunter à Pauline son petit costume de drap
et son chapeau de quatre sous.

Elle étudia sa coiffure, ses attitudes. Elle demanda

des indications sur ce qu'elle aurait à faire. A chaque question la petite femme de chambre répondait :

— Madame sait bien ce qu'elle fait faire ordinairement à sa femme de chambre... elle fera la même chose chez madame de Montmédy... il faudra l'aider à se lever...

— A se lever ?... mais je n'arriverai pas avant neuf heures et demie ou dix heures...

— Ben, ça m'étonnerait rudement si elle était levée à cette heure-là !...

— Ah ! — fit madame Lagny-Nancey, découragée, — je ne saurai rien faire... elle se doutera...

La petite femme de chambre affirma convaincue :

— Elle se doutera de rien du tout !...

ELLE SE TOURNA VERS LE BARON ET DEMANDA : — VOUS DI
QUE MADAME LAGNY-NANCEY EST RAVISSANTE (p. 55).

3

II

Lorsque madame Lagny-Nancey entra chez Ève de Montmédy, elle fut surprise du luxe extravagant qu'elle ignorait. Ce clinquant l'éblouit sans qu'elle en démêlât tout de suite la laideur.

Comme l'avait prévu Pauline, « madame était encore couchée ».

Un valet de chambre, l'air canaille et rusé, expliqua à madame Lagny-Nancey que la femme de chambre — qui partait parce qu'on la rappelait brusquement chez elle à cause d'une mort — n'avait pas pu attendre pour la mettre au courant du service.

Il allait donc lui dire en gros en quoi le service

du matin consistait. Elle entrerait à onze heures exactement chez madame pour l'éveiller.

Puis, en quelques mots bien sentis, il lui dépeignit le caractère et la situation de « madame » qu'il traita de chipie. Il indiqua :

1º Le baron Bitter. A respecter, celui-là ! avec qui il fallait compter... à qui il fallait obéir sans hésitation et qu'on devait servir de son mieux. Il était généreux (pour un juif). On n'avait jamais avec lui à regretter les saletés qu'il fallait faire : espionner madame, etc., etc....

2º Monsieur Lagny-Nancey — du champagne Nancey. Pas généreux pour deux sous, cet autre !... Et encombrant !... Toujours fourré chez madame qui a un béguin pour lui !

A cet instant, « Madame » sonna et Jeanne fut introduite.

Dans l'obscurité, Ève de Montmédy sommeillait à demi. Elle souleva sa tête fatiguée et dit, la voix enrouée :

— Ah ! vous voilà !... c'est bien !... ouvrez les persiennes et préparez mon bain...

Avec une gaucherie extrême — cette gaucherie des
gens qui ne font jamais rien eux-mêmes — madame
Lagny-Nancey ouvrit les lourdes fenêtres, fit sauter
avec effort le crochet qui retenait les persiennes et
referma en prenant des précautions inouïes pour
ne pas se pincer.

Ève de Montmédy — éveillée tout à fait — la
regardait le coude appuyé dans la dentelle des
oreillers. Elle dit, surprise :

— Faudra voir à vous grouiller un peu plus que
ça, ma fille !... c'que vous avez l'air empoté, c'est
rien de l'dire !...

— Oui madame !... — balbutia madame Lagny-
Nancey effarée, craignant d'être renvoyée avant
d'avoir bien vu la cocotte qui troublait si fort sa vie.

— On vous l'a déjà dit, probablement ?...

— Oui, madame...

— Oui madame !... encore !... Mais vous n'savez
donc dire que ça ?...

— . . . .

— Allons bon !... V'là qu'vous n'dites plus rien
à c't'heure !... Où avez-vous servi ?...

Cette fois, la jeune femme, totalement ahurie, bafouilla :

— Je... nulle part... je n'ai pas encore servi, madame...

Ève sortit de ses dentelles et, se dressant furieuse :

— Comment nulle part ?... Ben elle est sévère, celle-là !.... mais ma femme de chambre m'avait dit que vous étiez une perle ?... que vous saviez tout faire ?... les robes, le henné, coiffer... Savez-vous coiffer, voyons ?...

— Mais... oui... oui, madame...

Ève de Montmédy regarda madame Lagny-Nancey qui se baissait pour ramasser les jupons tombés à terre et dit, radoucie :

— Oui... vous devez savoir, car vous êtes joliment bien coiffée, vous !... Vous allez me coiffer comme vous, tenez !...

Jeanne leva les yeux et, regardant les cheveux teints et rares qui pleuraient à demi défaits sur la fraise plissée de la chemise de nuit, répondit, certaine que la cocotte ne pouvait pas être coiffée comme elle :

— Je ne sais pas si ça sera possible, madame...

— Et pourquoi ne serait-ce pas possible?...
Allons!... Voyons!...

Ève, sortie du lit et assise dessus les jambes pen-
dantes, répéta avec impatience :

— Eh bien, quand vous y serez?...

Madame Lagny-Nancey répondit, sans même
savoir ce qu'elle disait :

— J'y suis, madame...

— Eh bien, alors... qui est-ce qui me met mes
bas?... C'est pas moi, toujours!...

La jeune femme rougit et ne bougea pas. Outre
qu'elle ne se souciait pas du tout de rendre à « la
cocotte de Fernand » un service aussi intime, elle
se demandait, terrorisée, comment elle allait s'y
prendre pour mettre des bas à une autre alors
qu'elle ne savait même pas mettre les siens. Impatientée, madame de Montmédy cria, lui lançant
un oreiller, comme on jette à un chien une pierre
pour le faire revenir :

— A quoi pensez-vous?... est-ce pour aujourd'hui
ou pour demain?...

La jeune femme s'approcha et, s'agenouillant, prit le pied trop gras et déformé par les chaussures pointues.

Les doigts rougis aux phalanges montaient les uns sur les autres.

Et, tout en tordant maladroitement la cheville pour plier le pied au lieu de plier le bas, elle pensait à la différence entre ce pied vulgaire et abîmé et son pied à elle, son joli pied blanc, aussi net, aussi pur qu'un pied de statue. Du pied, son regard monta à la jambe molle, au mollet bas, au genou gros.

Par la chemise entr'ouverte, elle aperçut la poitrine

lourde et qui ballottait. Et, poursuivant son examen, elle vit le cou gras, les doubles mentons, les joues qui tombaient déjà. Elle trouva que le visage très régulier manquait de charme et que les yeux flétris disaient une incommensurable sottise.

Et, pour la première fois, elle accepta cette idée que peut-être Fernand n'était pas aussi admirable qu'elle s'était plu à l'imaginer. Puisqu'il avait le goût assez devoyé pour lui préférer cette grosse fille fanée et banale, c'est qu'il était un homme comme les autres.

Les roulements d'yeux, les aphorismes, les langueurs — qui lui avaient fait prendre ce garçon affiné et sentimental pour un être d'élite — n'étaient-ils donc que des simagrées destinées à la faire tomber dans un piège ? Serait-ce point elle qui, en gobant si fort ce soupirant -- dont la morbidesse lui rendait odieuses la force et la belle humeur de la famille équilibrée et saine à laquelle elle avait le malheur d'appartenir — se serait trompée du tout au tout ?...

Pendant les quelques mois qu'avait duré la résistance de ses parents, Jeanne les avait considérés

comme des gens grossiers, incapables de comprendre les beaux sentiments et les grands mouvements du cœur.

Et, lorsqu'elle revoyait dans sa mémoire l'intérieur de son père et de sa mère, de ses tantes ou
de ses cousins et cousines mariés, il lui semblait
que les maris étaient fidèles et que les « grands
mouvements du cœur » qui continuaient à entraîner
Fernand avaient dû s'arrêter pour eux.

Une grosse larme roula sur sa joue, tandis que
madame de Montmédy lui disait :

— Vous êtes vraiment trop gauche... ça ne pourra
pas marcher...

— Tant mieux !... — pensa la jeune femme qui
répondit, désireuse de filer le plus tôt possible à
présent qu'elle avait vu :

— Mais je vais partir tout de suite, si madame
veut ?...

— Ah ! mais non !... pas de ça Lisette !... il faut
que j'aie trouvé quelqu'un !... Tenez, demandez
donc si monsieur Lagny-Nancey n'est pas venu ce
matin... Lagny-Nancey !... vous avez entendu ?...

— Oui, madame...

— Vous retiendrez bien Lagny-Nancey?... du champagne Nancey ?...

— Oui, madame...

Et Jeanne sortit en bougonnant :

— Du champagne Nancey !... Lui en fait-on une réclame avec le champagne Nancey?... Mais c'est moi, le champagne Nancey !... on n'a pas l'air de s'en douter... c'est moi !... ça n'est pas lui du tout !... avant moi, il était Lagny tout court !...

Dans l'antichambre elle dit au domestique :

— Madame demande si monsieur Lagny-Nancey est venu ?...

— Non... et, du reste, après les sottises qu'elle lui a dit avant-hier...

— Ah !... — fit Jeanne intéressée — elle lui dit des sottises ?...

— J'te crois qu'elle lui en dit !... avant-hier encore elle l'a engueulé comme un sous-pied...

— Elle a peur qu'il ne revienne plus ?...

— Ah ! ouiche !... il est revenu hier soir, ainsi... il a passé la soirée jusqu'à deux heures... qu'y

n'revienne plus!... allons donc!... l'est ben trop
gnolle pour plus revenir... En attendant, v'là
l'aut'...

Et le valet s'élança pour ouvrir à un gros monsieur dont le nez camard, la bouche extraordinairement lippue, les oreilles exsangues et les cheveux
laineux — en dépit des énergiques frictions du
coiffeur — indiquaient, avant que l'on connût son
nom, l'origine.

Il entra sans rien demander et se dirigea vers la
chambre d'Ève, tandis que le domestique disait à
madame Lagny-Nancey :

— Accompagnez monsieur le baron...

Le baron enveloppa la jeune femme d'un regard
vitreux qui s'alluma légèrement, tandis qu'il demandait :

— C'est la nufelle femme té champre té matame ?...

— Oui, monsieur le baron... elle n'est entrée que
de ce matin...

Tandis qu'elle suivait le gros homme, Jeanne
cherchait un moyen de disparaître sans attirer

l'attention. La voix de madame de Montmédy
s'éleva de la chambre où entrait le baron à l'instant
même, demandant :

— Eh bien ?... est-il venu ?...

— Qui ça ?... — répondit la voix grasse du
banquier :

Ève fit un mouvement d'impatience et dit d'un
air indifférent :

— Ah !... c'est vous !...

— Moi-même... et cé n'est bas moi, barait-il,
gué fus addentiez ?...

— Parce que ?...

— Parcé gué fus afez témanté à cette cheune bersonne — il désigna madame Lagny-Nancey — qui
est vort chentille ma voi : « Eh pien ?... est-il
fénu ?...» Cé n'est bas té moi gué fus barliez, assu-
rément ?...

— Non... c'était du pédicure...

On entrait dans le cabinet de toilette. Jeanne regarda autour d'elle avec des yeux arrondis.

La baignoire de cristal chiffrée de turquoises ; le
pavé de mosaïque ; les peaux d'ours ; des piles de

coussins; les divans bas adossés aux murs tendus
d'étoffes japonaises; les fontaines jaillissantes; les
palmiers et les lauriers roses ; la toilette de marbre
rosé et la garniture de cristal pareille à la baignoire, la remplissaient d'une admiration étonnée.

Jamais elle n'avait, dans sa simplicité de femme
honnête, soupçonné la splendeur d'un cabinet de
toilette demi-mondain.

La voix de madame de Montmédy la sortit de
sa torpeur.

— Coiffez-moi?...

Elle s'assit devant une psyché, et demanda :

— Allez-vous savoir?...

— Je pense que oui, madame... — dit la jeune
femme qui tremblait presque.

— Né prusguez bas cette bédite!... — fit le baron
avec bienveillance — elle est dut blein chentille!...

Et comme, décontenancée, madame Lagny-
Nancey baissait les yeux, il ajouta en riant lourde-
ment :

— Et ché barie gu'elle est sache gomme une
bédite imâche...

— Ne vous occupez pas d'elle!... — s'écria Ève impatientée.

— Fus bensez pien, ma chère envant, gué guand fus êtes là, ché ne beux bas m'occuber t'audré chose gué té fus...

— Je l'espère... mais avec vous autres, on ne peut jamais compter sur rien !...

— Fus êtes si pelle, ma chère Éfe, gué fus bufer gompder sur dut... et sur dus...

Il avait évidemment appuyé sur « tous ». Madame de Montmédy releva sa tête qu'elle inclinait. sous le peigne et demanda, vaguement inquiète :

— Est-ce une méchanceté ?...

Il sourit en répondant :

— C'est cé gué fus futrez !...

Tout de suite, elle « le fit à la dignité » :

— Je comprends ?... on vous a mal parlé de moi ?...

— Bersonne né sé lé bermettrait... groyez lé pien ?...

— Pourtant, je vois à votre air qu'il y a quelque chose... On a dû me calomnier... qu'est-ce qu'on vous a dit, voyons ?...

— Groyez fut tonc qu'il vaut dut mé dire... et gué ché né fois rien ?...

— Qu'est-ce que vous voyez ?...

— Qué monsié Lagny-Nancey fus vait la cur... fui... ché fois drès pien...

— Mais... je vous jure... Prenez donc garde, vous me tirez les cheveux !...

— Pardon, madame... — murmura Jeanne qui, en entendant nommer son mari, avait donné une secousse à la maigre chevelure qu'elle tenait entre ses petits doigts énervés.

Le baron répondit narquois :

— Né churez rien !... ai-ché l'air té fus agguser ?... Nodez qué ché tis : « Il fus vait la cur ! » Est-il bos siblé t'embloyer bur exbrimer ma bensée, une vormule blus bolie, gué celle-là ?...

— Qu'est-ce que vous voulez dire ?...

— Ché feux tire cé qué ché tis !... vaire la cur est une exbression drès fague... une exbression gui né signifié rien ou gui feut tut tire... sélon l'indention qu'on y met...

— Et votre intention ?...

A PEINE SORTIE DE LA PIÈCE, ELLE SE MIT A
DANSER DANS LE COULOIR (P. 91).

— Est dut simblément, ma chère Éfe, té fus vaire gombrendre gué ch'y fois blus glair qué fus né lé subbosez...

— Mais... — demanda madame de Montmédy très inquiète — qu'est-ce que vous croyez donc?...

Il répondit, sournois :

— Ché né grois rien !... ché sais seulement gué monsié Lagny-Nancey est un vort choli carçon — bur ceux gui aiment gu'un homme ait l'air t'une ville té choie — ché sais gu'il est absolument féru té la belle Éfe té Montmédy et qué, bur elle, il apantonne une bédite vemme rafissante — tit-on — té laquelle il est atoré... on achute que la pelle Éfe n'est bas insensiple et gué les peaux yeux té l'amoureux driompheront tes millions tu panquier... barcé qué, fus né safez beut édre bas gué la vortune... tute la vortune est à matame Lagny-Nancey... tu chambagne Nancey...

— Mais — dit Ève déconcertée, — mais, je vous supplie de ne pas croire que...

Le baron sourit :

— Soyez dranguille, ma dute pelle... ché n'addache bas blus d'imbordance qu'il né vaut à cé nédit botain montain... ché gonnais « ma fajeur... »

et ché gonnais 'aussi lé vond té « fotre gœur... »

— A la bonne heure !...

— Barvaidement !... ché sais gu'endré l'amur et l'archent, cet excellent bedit gœur n'hésidera pas un insdant... Bensez-tonc !... Ché suis un morceau té roi, moi !... cinguante louis bar chur et bas tégudant !...

Il leva les yeux vers madame Lagny-Nancey, qui coiffait d'un air appliqué et demanda, en riant de son gros rire vulgaire :

— N'est-ce bas gué ché né suis bas tégudant, ma bédite... ma bédite gomment ?...

Et s'adressant à Ève il insista :

— Gomment tonc s'abbelle d'elle, fodre nufelle vemme té champre ?...

— Tiens !... au fait — fit madame de Montmédy — je n'ai même pas pensé à lui demander son nom !... Comment vous appelez-vous ?...

— Jeanne, madame...

Le baron Bitter dit :

— On fus abbellera Cheannette... c'est blus chentil gué Cheanne... fulez fus ?...

— Je veux bien...

Ève interrompit, impatientée :

— Il est inutile de changer son nom... elle ne restera pas à mon service...

— Ah !... dant bire !.. elle est acréaple à récarter...

— C'est possible !... — répliqua madame Mont-médy vexée de l'insistance du baron — mais elle ne sait rien faire... elle va rester en attendant que j'aie quelqu'un... deux ou trois jours...

La pensée de rester deux ou trois jours affola Jeanne. D'autre part, trop timide pour s'échapper, craignant d'être suivie, elle voulut, pour s'en aller, obtenir la permission de sortir. Doucement elle demanda :

— Puisque je ne conviens pas à madame... madame veut-elle me permettre de sortir un instant... tout à l'heure... pendant que madame déjeunera, par exemple ?... j'irai prévenir que je ne fais pas l'affaire de madame pour qu'on me cherche une autre place...

— Oui... — dit Ève — je ne peux pas vous refuser ça... mais soyez rentrée à deux heures pour m'habiller...

Elle se tourna vers le baron et demanda d'un air indifférent :

— Vous disiez tout à l'heure que madame Lagny-Nancey est ravissante ?... quel genre ?...

— Ché n'en sais rien... ché né l'ai chamais fue...

— Tiens !... comment ça ?...

— Mon Tié... ché né sais bas... elle sort drès beu... elle né fa ni aux gurses ni aux cheutis des Vrançais, alors où fulez fus gué ché la foie ?...

— Elle n'est pas en relations avec madame Bitter ?...

— Non !... la paronnè né sort bas peaugup, elle non blus...

Ève se leva. Sa coiffure était terminée tant bien que mal, plutôt mal que bien, ce qu'elle constata avec humeur en se regardant dans la glace. Puis, elle dit à madame Lagny-Nancey, qui attendait effarée :

— Vous pouvez filer... je n'ai plus besoin de vous !...

La jeune femme sortit bien vite. Elle sauta sur son chapeau qui était resté dans la chambre aux robes, enfila rapidement la petite jaquette de Pauline et dégringola par le bel escalier de marbre, malgré les rappels du maître d'hôtel consterné.

III

Quand elle fut dans l'avenue, madame Lagny-Nancey se mit à courir, cherchant un fiacre et craignant d'être reconnue dans ce bizarre accoutrement.

Elle baissait le nez, évitant les cavaliers et les voitures qui passaient où elle redoutait d'apercevoir un visage ami.

Elle courait chez madame La Borde. Pour ses domestiques — Pauline exceptée — elle était allée passer deux ou trois jours à la campagne avec ses parents.

Chez sa cousine elle s'était habillée avec les

vêtements emportés dans une valise. Pour dérou-
ter tous les soupçons, elle s'était fait conduire à la
gare de l'Est par sa voiture et avait fait déposer
par le valet de pied une valise dans la salle d'attente.
Puis, sautant dans un fiacre dès que ses gens
avaient disparu, elle était allée chez madame La
Borde et de là avenue du Bois chez Ève de Montmédy.

La cousine Marthe déjeunait quand elle vit
arriver la petite femme ahurie qui lui raconta son
aventure et comment « la cocotte de Fernand »
était affreuse, fânée, laide à voir au réveil.

Quand madame La Borde apprit que le baron
Bitter semblait regarder avec douceur la femme de
chambre de son amie, elle reprocha de toutes ses
forces à Jeanne de n'avoir pas su profiter de la
situation.

— Comment?... — disait-elle mécontente, fâchée
presque. — Comment?... tu as là, à ta portée, ce
vieux juif sans qui cette cocotte n'aurait vraisem-
blablement pas le luxe qui attire ton nigaud de
mari... et tu n'en profites pas?...

— Mais qu'est-ce que tu aurais voulu que je fasse, voyons?...

— J'aurais voulu que tu désorganises la chose, parbleu !...

— Je ne pouvais pourtant pas me faire enlever
par le baron Bitter...

— Parce que ?... En voilà une bêtise !... il fallait
l'aguicher, ce vieux !... et puis, accepter ce qu'il
t'aurait offert... quitte à le lâcher au pied de l'escalier...

— Mais...

— Il n'y a pas de mais !... tu viens de faire une
école, ma petite !... ton séjour chez Ève de Montmédy aurait pu être utile... très utile... à un tas de
points de vue...

— Par exemple ?...

— Eh bien, par exemple, tu pouvais toujours —
si tu ne voulais pas te substituer, même en appa-
rence, à madame de Montmédy — dégoûter d'elle
son protecteur qui ne doit plus tenir tant que ça
à des charmes un peu... comment dire ?... un peu
croulants, à en juger par les renseignements que
tu donnes sur eux ?... il fallait les bêcher, ces
charmes... adroitement, bien entendu...

— Oui !... j'aurais voulu t'y voir !...

— Moi aussi, j'aurais voulu m'y voir !... ce que

je me serais amusée, mon Dieu !... Ah ! je les
aurais signalées, les imperfections de la dame !...
Ah ! je lui aurais fait de l'œil, au vieux, je t'en
réponds !...

— Oh !... voyons !... tu n'aurais pas fait ça ?...

— Non !... je me serais gênée !...

— C'est dommage que ça ne soit pas toi qui aies
ait la chose en ce cas...

— Pourquoi ?... puisque tu n'as fait la chose —
comme tu dis — que parce que tu avais envie de
voir Ève de Montmédy...

— Oui... Eh bien, je l'ai vue, Ève de Montmédy !...

— Qu'est-ce que tu as ?... on dirait que ça te
chagrine de l'avoir vue ?...

— Oui !... veux-tu que je dise ?... tu sais que c'est
par amour pour Fernand... parce que j'étais
jalouse, que j'ai voulu voir cette... cette...

— Cette grue ?...

— Oh ! oui !... cette grue !... c'est bien le mot !...
Eh bien, pendant que je la regardais... que j'aper-
cevais tous ses défauts physiques, que j'entendais

son langage çanaille, il me fallait bien reconnaître
que mon mari a des goûts très bas qui l'attachent
à cette fille et...

— Et ?...

Madame Lagny-Nancey hésita, puis elle acheva
résolument :

— Et que je n'étais plus très sûre d'éprouver pour
lui — après cette expérience — le grand amour
que j'éprouvais hier et qui m'a fait accomplir cette
chose immense que j'ai accomplie tout à l'heure...

— Mon petit, si tu commences à voir ton mari
tel qu'il est, j'en suis très ravie !... il est malheureux
que tu ne l'aies pas vu comme ça il y a trois ans...
mais ce qui est fait est fait... et récriminer est inutile... oh ! combien !... Le mieux est maintenant —
s'il se tient tranquille — de ne pas noircir Fernand
plus qu'il ne faudra...

— Mais, je ne le noircirai pas !... il est descendu
de son piédestal, voilà tout !...

— Ce qui est malheureux, c'est de ne pas se
venger...

— De lui ?...

— De lui et d'elle aussi...

— Oh!... elle... elle fait son métier!...

— Le métier qui consiste à détourner des gens

mariés est un sale métier... Mais on ne saurait évidemment comparer la fille qui te trompé sans te
connaître à lui qui te trompe en te connaissant...
et qui est d'autant moins excusable que — si je ne
m'illusionne — il ne doit pas avoir besoin d'un
sérail, ton mari ?...

— Mais...

— Tu n'en sais rien, d'ailleurs!... tu es tellement
innocente que tu n'en peux rien savoir!... C'est
égal!... je regrette joliment de n'avoir pas vu ce que
tu viens de voir !...

Madame Lagny-Nancey réfléchissait depuis un
instant. Elle leva sur sa cousine ses beaux yeux
timides et dit, hésitante et troublée :

— Écoute... tu as eu une idée hier... moi j'en ai
une aujourd'hui... veux-tu que je te la dise ?...

— Voyons l'idée ?...

— Comme je te l'ai expliqué, Ève de Montmédy
m'a dit qu'elle ne pouvait pas me garder... que
j'étais trop maladroite...

— Et trop jolie...

— Oh! non!... c'est pas ça!... car tu es bien plus

MADAME DE MONTMÉDY DEMANDA BRUTALEMENT
— ÊTES-VOUS SOURDE ? J'AI SONNÉ DEUX
FOIS ! (P. 101).

5

jolie que moi... Quant à mon idée, c'est que ce soit
toi qui me remplaces... comprends-tu ?...

— Un peu... mais ça ne va pas être facile d'arranger ce remplacement... qui serait ma joie, je ne te
le cache pas !...

— Rien n'est plus facile... tu vas venir avec moi...

— Où ça ?...

— Là-bas... chez elle... je vais rentrer tout à
l'heure et je dirai que tu es une amie à moi qui
cherche une place... et que je lui ai parlé de me rem-
placer puisque je ne conviens pas à madame... tu
vois comme je parle bien à la troisième personne ?...

— Oui... je parlerai très bien aussi...

— Tu acceptes mon idée ?...

— Avec joie...

— Alors, il ne reste plus qu'à trouver des vêtements... ça ne va pas être facile...

— Que si !... je ne suis pas une élégante comme
toi !... je n'ai pas le champagne Nancey, moi !...
Nous allons trouver une robe modeste qui fera très
bien l'affaire...

Elles bouleversèrent les armoires, mais à tout ce

que voulait choisir madame La Borde. Jeanne
objectait que « c'était trop chic ».

— Je ne peux pourtant pas éviter de me mettre dedans, ma petite Jeannette...

— Ne m'appelle pas Jeannette... je ne veux plus qu'on m'appelle comme ça !... tout à l'heure, figure-toi... le vieux juif m'a dit : « On fus abbellera Cheannette... c'est blus chentil, Cheannette... »

Madame La Borde venait de passer la robe de cachemire noir. Elle demanda :

— Eh bien ?... Comment me trouves-tu ?...

— Impossible — déclara madame Lagny-Nancey — tu as l'air d'une reine...

— Alors... comment veux-tu que je fasse ?...

— Je comprends ce qu'il faut éviter, vois-tu ?... toutes ces robes-là, si simples soient-elles, sont faites pour toi... pour ta taille qui est unique... il faut que tu achètes quelque chose de tout fait, comprends-tu ?... quelque chose qui soit pour tout le monde... pour des tailles numérotées et pareilles... alors tu ne seras plus toi... ça te banalisera, si l'on peut dire...

— Allons acheter un costume tout fait...

— Toi, pas moi !... il faut que je rentre pour

deux heures, moi, puisque je rentre... j'ai une peur abominable de me faire attraper... je vais annoncer que tu viendras me demander... Mademoiselle Jeanne... rappelle-toi... et tâche de ne pas arriver trop tard parce qu'elle sort en voiture... Ah!... mets un voile bien épais... mais pas chic... fais attention... pas chic, mais épais... pour qu'elle ne voie pas tout à fait ta tête... elle serait capable de ne pas vouloir t'engager...

— Que si... je parie que je lui plairai?...

— Après, oui... parce que tu vas être adroite extraordinairement dans ce rôle-là... tandis que moi je suis d'un empoté que tu n'imagines pas...

— Oh! si! je l'imagine!...

— Dame!... je ne suis jamais bien adroite et, en plus, elle me bouleverse, cette grosse cocotte!...

— Alors, si elle te bouleverse, tu vas me laisser faire et te trotter, parce qu'il est une heure et demie, ma petite...

— Quand viendras-tu?...

— Le temps d'acheter mon trousseau...

— Alors, à tout à l'heure... ce que ça va m'amuser de te voir rouler...

Elle se mit à rire et acheva pompeusement :
— Madame de Montmédy!...

— Ça va m'amuser aussi de la rouler... si je le peux...

— Tâche ?... oh tâche ?... dégoûtes-en le vieux si tu peux...

— Je pourrai !...

— Dis donc... si, du même coup, tu pouvais faire mettre Fernand à la porte ?...

— C'est beaucoup de choses... et je ne sais pas si monsieur de Talleyrand lui-même aurait...

— Ne blague pas... et fais de ton mieux... Promets-le-moi, veux-tu, dis ?...

Debout devant la haute psyché Empire où se mirait son éclatante beauté, madame La Borde étendit sa jolie main longue et souple et dit, à moitié riant, à moitié sérieuse :

— Je te le promets !...

IV

Madame La Borde eut beaucoup de peine à se
procurer des vêtements tout faits. Elle finit par
trouver une jupe bleu-marin et une chemisette de
foulard bleu-marin à pois blancs ; une petite toque
noire ; des gants foncés et une voilette à pois très
rapprochés, qui cachait le plus possible son visage
et son teint éblouissant.

Évidemment, chaque pièce du costume était en
elle-même d'une simplicité extrême et d'une banalité révoltante. Mais une fois que la jeune femme
se fut introduite dans ces divers objets, ils chan-
gèrent d'aspect, leur physionomie se fit subitement

harmonieuse et aimable. Et d'une élégance, d'une distinction qui étonnèrent le valet de chambre lorsqu'elle vint se présenter.

Toutes ces courses, tous ces essayages avaient pris du temps, il était plus de quatre heures et demie et madame de Montmédy venait de partir pour le ·Bois.

Le valet de chambre annonça Marthe à sa cousine qui l'attendait, en disant :

— V'là votre amie qui arrive !...

Puis, regardant la nouvelle venue, il questionna en riant :

— Est-ce que vous en avez beaucoup des comme ça ?...

Madame Lagny-Nancey examinait attentivement Marthe, qui demanda :

— Eh bien ?... suis-je suffisamment fagotée, voyons ?...

— Euh ! euh ! tout juste !... tu as tout de même une taille !... et des mains !... et une allure !... enfin, qu'est-ce que tu veux, tu aurais beau faire, tu n'arriverais pas à te changer mieux que ça... Ce n'est

pas comme moi... moi j'ai eu tout de suite l'air
d'une petite bonne... Ah! si j'étais comme toi, il
est probable que Fernand ne se promènerait pas
chez les Ève de Montmédy!...

— Quelle erreur! mon pauvre petit!... Mon mari
qui était affreux, nous pouvons le dire, me trom-
pait tant qu'il pouvait...

— Toi ?...

— Moi-même!... j'ai été trompée comme pas
une!... et je n'en suis pas plus fière pour ça...

Madame Lagny-Nancey s'était levée et marchait
vers la porte. Marthe demanda :

— Où vas-tu ?...

— Nulle part... je vais m'assurer que ce domestique ne nous écoute pas... ou plutôt, viens dans
la chambre aux robes ou dans la mienne... c'est
plus sûr...

Elle ouvrit la porte d'une pièce microscopique,
mais claire et gaie et dit en riant :

— Tu croyais peut-être que tu allais loger dans
les combles... pas du tout!... tu couches au même
étage que « Madame »... tu n'es pas flattée ?...

— Comment, je couche?... — fit madame La
Borde effarée — mais je ne vais pas coucher ici,
moi !...

— Ah ! moi non plus, sûrement !... il faut
que tu prennes le service ce soir, ou je brise les
vitres...

— Comment ça ?...

— Mais en disparaissant, tout simplement...
C'est comme pour manger avec les domestiques...
tu penses bien, n'est-ce pas, que je ne ferai pas ça
non plus ?... Oh ! pas par fierté... mais parce que,
au bout de cinq minutes, ils m'auraient démas-
quée... je ne sais pas jouer un rôle... je me trouble
tout de suite... Ce matin, je suis sortie... alors j'ai
évité le déjeuner... ç'a été tout seul... mais ce
soir... me vois-tu seule entre les cochers, le chef,
les valets de pied, et cet affreux maître d'hôtel qui
me fait déjà de l'œil ?... mais je mourrais de confu-
sion... je me mettrais à pleurer, tandis que
toi...

— Oh ! moi, je ne me mettrai pas à pleurer, c'est
certain, mais je ne trouverai pas ça drôle... si je le

fais?... car il n'est pas sûr qu'elle me prenne... et puis, elle a peut-être arrêté quelqu'un pendant qu'elle est dehors...

— Où ça?... au Bois?... puisque je te dis qu'elle est au Bois... Baptiste m'a dit que...

— Qu'est-ce que c'est que Baptiste?...

— Ben, c'est le maître d'hôtel!... ce matin quand je suis arrivée, j'ai attendu une heure... « Madame » dormait... alors, pendant cette heure, il m'a fait les honneurs de la patronne — comme il dit — ah! je te promets que je suis au courant!...

— Eh bien, quel rapport...

— Voilà!... c'est au Bois qu'elle rencontre ses flirts...

— Quels flirts?...

— Plusieurs... je ne sais pas leurs noms, mais il y en a, paraît-il, plusieurs qui viennent ici... jamais le baron Bitter ne va au Bois dans la journée, alors, elle est bien tranquille de ce côté-là... Lui, c'est le matin qu'il va au Bois... à cheval, figure-toi?... et si tu le voyais!... c'est une outre!... Pour en revenir aux flirts...

— C'est ça, revenons-en aux flirts, ils m'inté-
ressent...

— Pourquoi?...

— A cause de Fernand...

— Tiens!... oui, au fait!...

— Tu n'avais pas pensé à ça?...

— Ma foi non!...

On entendit sous la voûte le roulement d'une
voiture. Jeanne dit :

— Ah! la voilà qui rentre!... déjà!... qu'est-ce
qui lui est arrivé?...

Le timbre retentit deux fois, puis Baptiste passa
rapidement allant ouvrir et, dans un bruit de
soie froissée et de hauts talons, Ève de Montmédy
entra :

— Voilà la « Patronne »!... — fit à demi-voix
madame Lagny-Nancey en poussant vers l'antichambre sa cousine, qui résistait un peu.

Ève regarda et dans la demi-obscurité aperçut
quelqu'un... Elle demanda, se tournant vers le
domestique qui attendait immobile et respectueux :

— Qui est-ce qui est là?... c'est vous, Jeannette?...

— SI MONSIEUR LE BARON VEUT ME PINCER, IL VERRA
QUE JE N'AI RIEN SOUS MA ROBE (p. 123).

6

— Oui, madame... et il y a aussi mon amie qui est là... dont j'ai parlé à madame...

— Ah !... — fit Ève d'un ton rogue — comme elle n'est pas venue se présenter à l'heure convenue, j'ai arrêté quelqu'un... presque...

— Alors, — demanda d'un air navré madame Lagny-Nancey, — madame ne veut pas la voir ?...

— Si... tout de même... la vue n'en coûte rien... Venez me déshabiller et amenez-la...

Dès que les deux jeunes femmes l'eurent suivie dans sa chambre, Ève dit en défaisant son chapeau :

— Vous regarderez si ma robe est mouillée... mon chapeau aussi... Je suis rentrée dès que la pluie a commencé... mais j'ai cependant dû recevoir quelques gouttes... ça va tacher...

Jeannette prit un air désolé pour regarder les petits ronds plus foncés que la pluie avait marqués sur le gris pâle de l'étoffe et répondit :

— Oh ! oui... probablement !...

Alors madame La Borde s'avança :

— Mais pas du tout, ça ne tachera pas !... faut

seulement sécher les gouttes en les frottant pour effacer les contours, sans' ça il reste un petit cercle...

Elle attrapa lestement la jupe que sa cousine enlevait gauchement, tira de sa poche le mouchoir trop fin qu'elle avait oublié de changer, et se mit à frotter avec ardeur.

— Ah! bah!... — fit Ève intéressée — vous croyez que ça va disparaître?...

— Parfaitement!... Madame n'a qu'à voir?...

Elle tendit à la cocotte la partie séchée où déjà les petits ronds foncés avaient disparu. Madame de Montmédy regarda et dit :

— C'est ma foi vrai!... A la bonne heure!... vous n'êtes pas une empotée, vous, au moins!... ça n'est pas comme votre amie... Tenez ! regardez-la-moi, là, avec ses bras pendants!... elle n'a pas seulement l'idée de frotter avec vous pour vous aider...

Elle se tourna furieuse vers madame Lagny-Nancey :

— A quoi êtes-vous bonne?... à quoi?... J'vous l'demande!... Regardez votre amie?...

— Mais — fit la jeune femme qui, à présent
qu'elle ne se sentait plus seule, se mettait à l'aise

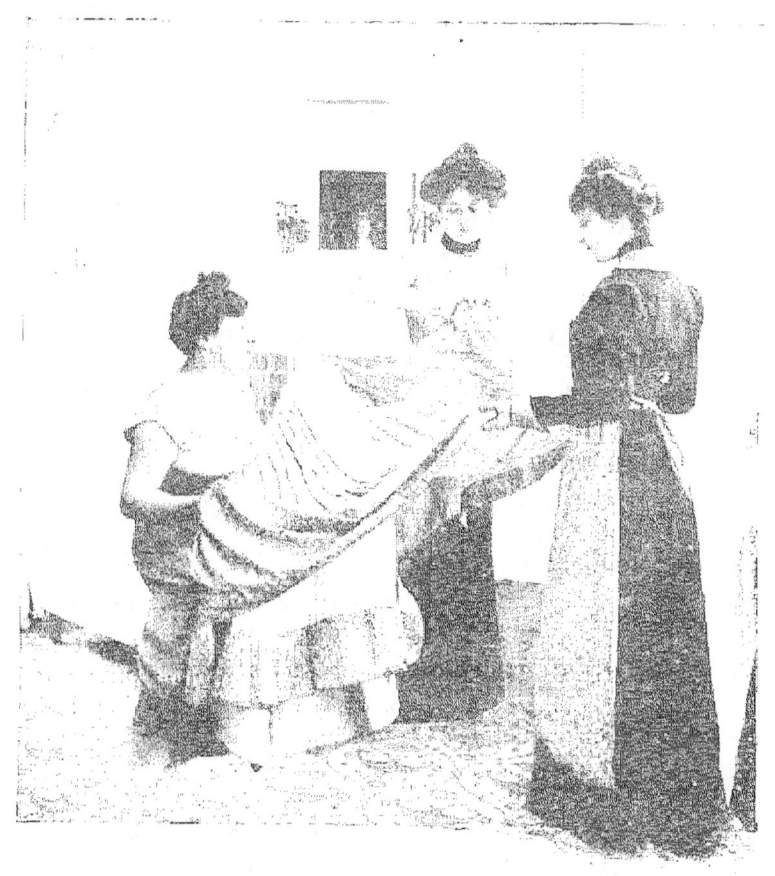

peu à peu — je l'avais dit à madame que mon
amie lui conviendrait beaucoup mieux que moi...
c'est bien dommage que madame ait arrêté quel-

qu'un parce que je suis sûre qu'elle aurait joliment
fait son affaire...

Ève de Montmédy demanda, s'adressant à
madame La Borde qui, maintenant, chauffait des
ciseaux à une bougie et redressait adroitement les
plumes défrisées du chapeau :

— Vous avez déjà servi, vous ?...

— Oh ! pour ça oui, madame !... — répondit
Marthe avec aplomb.

— C'est pas comme cette petite !... elle ne sait
rien de rien !... Il faut avoir du vice pour se présenter ainsi sans être capable de faire quoi que ce
soit...

Madame Lagny-Nancey se redressa :

— Si j'avais su que madame était une femme
comme madame, je ne me serais sûr pas présentée...

— Qu'est-ce que vous voulez dire ?...

— Je veux dire que je ne suis pas faite pour servir
quelqu'un d'aussi chic que madame...

— A la bonne heure !... — fit Ève, qui essayait
inutilement de remettre en ordre les bouclettes de
son front, allongées par l'humidité.

.. Madame La Borde finissait de retaper le chapeau. Elle le posa sur un meuble et, s'approchant,
demanda :

— A présent, madame me permet-elle de me
retirer ?...

Elle aperçut les efforts de madame de Montmédy qui ne venait pas à bout de ses mèches et
proposa :

— Si madame veut qu'avant de m'en aller je la
recoiffe, je le ferai bien volontiers... .

— Je veux bien — dit Ève d'un ton presque
poli.

Elle s'assit. Alors, rapidement, légèrement, sans
tirer sur les cheveux, Marthe fit avec la maigre
chevelure un chignon joliment roulé. En un clin
d'œil, elle refrisa les petites boucles du front. Sa
cousine la regardait, ébahie de tant d'aisance et
d'adresse.

Quand ce fut fait, et qu'après un « Voilà,
madame !... » aimable et gai, madame La Borde ôta
les cheveux attachés à ses manches et se prépara
à partir, Ève l'arrêta d'un geste.

— Restez!... Vous m'allez!... je vous garde...
Quand pouvez-vous entrer ?...

— Mais tout de suite, si madame veut:... c'est-à-
dire demain matin à la première heure...

— Soit, demain matin à la première heure... c'est
convenu...

Madame Lagny-Nancey s'avança et, timide :

— Si madame voulait bien me permettre de
partir aussi ce soir?...

— Ce soir... êtes-vous folle?...

— Non, madame... c'est que j'aurais une place
en vue... mais il faut y entrer ce soir... sinon il n'y
a rien de fait...

— Je ne peux pas rester seule dans l'appartement... j'ai peur de coucher toute seule...

— Je comprends ça, madame, mais c'est que,
une si bonne place...

Baptiste frappa à la porte du cabinet de toilette :

— Qu'est-ce que c'est encore ?... — demanda Ève
agacée :

— C'est madame Trouillot qui demande à voir
madame...

— Maman !... Allons bon !... v'là qu' c'est fini de rire !...

Et elle ajouta, maussade :

— Faites-la entrer !... faut bien !...

Une grosse dame entra, rouge et flasque. Et comme elle s'élançait toute suante pour embrasser sa fille, Ève étendit ses mains en avant pour l'empêcher d'approcher, en disant effarée :

— Touche pas !... ma figure est faite !...

Madame Trouillot recula jusqu'à une bergère dans laquelle elle s'engouffra.

La vague de ses chairs déferla sur le meuble et elle murmura en s'éventant, avec un gros mouchoir d'une propreté incertaine :

— Les temps sont durs !...

— J'te crois !... — répondit Ève qui se dressa d'un bond — c'est pour ça qu'si tu viens ici pour me taper, tu peux t'fouiller... T'as entendu ?...

La grosse femme allongea ses lèvres lippues et commença de pleurnicher. Ce mouvement acheva d'exaspérer sa fille qui lui cria :

— Ah ! tu sais, maman, pas de scène !...

Les deux femmes de chambre rappelèrent leur
présence par un petit « Hum ! »... très discret. Madame de Montmédy se retourna :

— Eh bien, oui... vous pouvez vous en aller...
vous entrerez demain matin !... pas vous, Jeannette... vous restez jusqu'à demain... au fait...
qu'est-ce que je vais vous devoir ?... vos huit
jours ?... voyons ça fait... sur 80... combien ?...

— Rien, madame, rien... si madame veut me
permettre de partir ce soir, elle me donnera
rien...

Ève eut une lumineuse idée. Elle se tourna vers
madame Trouillot, toujours tassée dans le fauteuil,
et proposa :

— Maman, veux-tu coucher ici cette nuit ?...

Elle calcula qu'elle eût donné vingt francs au
moins à la femme de chambre qu'elle renvoyait et,
comme elle ne dédaignait pas les petites économies,
elle acheva :

— Je te donnerai dix francs... et tu dîneras
avec moi ce soir...

La grosse figure de madame Trouillot s'élargit

encore dans un sourire heureux, tandis qu'elle répondait radieuse :

— Oui... mais le jeu n'en vaut pas la chandelle... dix francs... ça n'vaut pas l'dérangement... c'est bien pour t'obliger...

Alors, Ève congédia les deux jeunes femmes en disant à Marthe :

— A demain, vous !... ne manquez pas !...

Madame La Borde répondit respectueusement :

— Je n'aurai garde... Madame peut bien le penser...

Puis, à peine sortie de la pièce, elle se mit à danser dans le couloir en disant :

— Eh ! allons donc !...

— Prends garde !... — fit madame Lagny-Nancey craintive — le domestique peut voir...

Marthe répondit, pleine de gaieté et d'entrain en pensant au plaisir qu'elle se promettait :

— Bah !... il en verra bien d'autres !...

V

Quand, le lendemain, madame La Borde entra chez « sa maîtresse » portant le plateau où fumait le chocolat, elle alla si droit dans l'obscurité à la table et aux fenêtres qu'Ève put croire que son ancienne femme de chambre était toujours là.

En un instant les rideaux furent tirés, les persiennes ouvertes, l'ordre mis dans la pièce encom-
brée de jupons et de chaussures qui traînaient
partout.

La cocotte — qui n'avait pas le matin aimable et
grondait volontiers pour se détirer au réveil — ne
vit cependant rien à reprendre. Elle pensa qu'en
trouvant cette grande jolie fille — car elle était
positivement jolie vue ainsi au grand jour et sans
chapeau — elle avait peut-être trouvé la pie au nid.

Madame La Borde lui mit ses bas avec autant de
rapidité et d'adresse que la petite bonne femme de
la veille les lui avait gauchement et lentement enfi-
lés ; prépara le bain ; arrangea le linge ; enfin, fit
son service en femme de chambre accorte et bien
stylée.

Le seul reproche que lui adressait Ève — mais
sans se l'avouer — c'est qu'elle était jolie peut-être
plus qu'il n'eût fallu.

Madame La Borde, elle, ne se faisait pas les
mêmes réflexions. Elle se disait, au contraire, que
la patronne — comme l'appelait Baptiste qui avait

recommencé pour elle le couplet chanté la veille à Jeanne — était moins bien encore qu'elle ne s'attendait à la trouver.

Elle avait supposé que la jalousie de sa petite cousine exagérait les imperfections et diminuait les beautés de la maîtresse de « Fernand ». Mais en apercevant madame de Montmédy à son réveil, elle constatait que la petite femme trompée était restée très au-dessous de la réalité.

A voir ainsi la qualité de cette cocotte célèbre que son propriétaire — ou du moins son principal locataire — payait, disait-on, mille francs par jour, elle mesurait pour la première fois aussi complètement, l'incommensurable bêtise des hommes.

Tandis qu'elle rentrait, au coup de sonnette, dans le cabinet de toilette où madame prenait son bain, Baptiste parut et expliqua :

— Voulez-vous dire à madame que monsieur le baron est là...

— Bon ! — pensa la jeune femme — nous allons rire !...

Et, se regardant dans la psyché, elle conclut :

— Ou alors, c'est que je suis une moule...

— Comment!... — s'écria Ève avec ennui,
lorsque sa femme de chambre lui annonça que
« Monsieur le baron était là » — comment ?...
déjà!... on n'a donc plus une minute de repos, à
cette heure !...

Madame La Borde demanda, gentille, l'air api-
toyé :

— Qu'est-ce que je dois faire ?...

Ève répondit énervée :

— Faites-le entrer !... chaque fois qu'on le fait

attendre, c'est des scè-
nes !... il croit qu'on
cache quelqu'un dans
les placards... Ce qu'il
est romanesque pour
son âge!...

Marthe introduisit le
baron Bitter dans le
cabinet de toilette, puis
elle se retira en di-
sant :

PUIS, METTANT DE L'ORDRE DANS LES OBJETS
DISPERSÉS UN PEU PARTOUT, ELLE ATTENDIT
LE RETOUR D'EVE.

7

— Madame me sonnera quand elle voudra sortir
du bain ?...

— Fus afez engore chanché té vemme te champre ?... — demanda le banquier en regardant la
jeune femme qui sortait :

— Oui...

— Dant bis !... elle édait drès chendille, célle
t'hier...

— C'était une oie !...

— Celle-ci m'a l'air t'èdre drès pien aussi... ché
l'ai t'ailleurs mal fue...

— Eh mon Dieu !... vous n'avez pas besoin de la
bien voir !... Qu'est-ce que ça vous fait, la femme de
chambre ?... ça n'existe pas ?...

— Mais si... mais si... les vemmes exisdent tu-
churs !...

Elle ne répondit rien. Alors il demanda :

— Qu'est-ce gué fus afez vait hier soir ?...

— Je suis allée aux Variétés voir Granier... je suis
allée toute seule...

— Ah !... on m'afait tit tus afoir fue aux Nou-
feaudés... aféc un monsié...

— Eh bien, faites-moi suivre... ou suivez-moi vous-même... de cette façon vous serez renseigné...

— Fus afez marché sur une maufaise herpe en fus léfant auchurt'hui ?...

— C'est possible !...

— Tésirez-fus gué ché mé redire ?...

— Non... mais je désire sortir du bain...

Elle sonna, tandis que le baron demandait :

— Alors fus fulez pien gué ché reste ?...

Elle répondit, bourrue :

— Si vous voulez...

Puis, comme la femme de chambre n'arrivait pas, elle sonna de nouveau en disant :

— Elle ne viendra pas !... elle est insupportable aussi, celle-là !...

Madame La Borde entra, longue, svelte, portant haut sa petite tête fine et marchant de son pas élastique et rythmé.

Sa jupe de laine bleue plaquait aux hanches et coulait suivant et dessinant chaque mouvement. Les plis de la chemisette de foulard à pois blancs ne dissimulaient pas la poitrine petite et droite.

qui pointait. Du col uni sortait le cou superbe,
fort et d'un blanc laiteux. Et la peau, les cheveux,
les yeux, les dents, éclataient de lumière et de fraîcheur.

Le baron la regarda et dit, abasourdi, répondant
à la dernière phrase d'Ève :

— Ché né sais bas si elle est insubbortaple, mais
elle est picrément cholie duchurs !...

Madame de Montmédy demanda brutalement :

— Êtes-vous sourde ?... j'ai sonné deux fois !...

La jeune femme répondit très calme :

— Je demande bien pardon à madame... j'étais
dans la chambre aux robes... je n'ai pas entendu...
c'est Baptiste qui m'a prévenue :

— A moins que ça ne soit lui qui vous ait em-
pêchée d'entendre ?... il est toujours fourré dans les
jupons des femmes de chambre...

— Oh !... madame peut être tranquille !... il ne
sera pas fourré dans les miens !...

Ève demanda, gouailleuse :

— Oh ! oh !... vous êtes vertueuse ?...

Madame La Borde répondit, en arrangeant le linge dans le chauffoir d'argent :

— Pourvu que je me tienne comme si je l'étais, le reste doit être indifférent à madame...

Le baron regardait, stupéfait, et il pensait à part lui :

— Elle la golle sous pante !... et afec une foix !... ché tirais une foix t'or si on n'afait bas tévloré cette exbression...

Ève reprit :

— Eh ! eh !... il est très beau garçon, Baptiste !...

— Certainement !... — dit madame La Borde. Et elle ajouta avec désinvolture :

— Mais j'ai mieux... si je voulais...

Le baron murmura, sans même s'apercevoir qu'il parlait :

— Ça né m'édonne bas !...

Ève de Montmédy demanda, vexée de cette réflexion :

— Le peignoir et les draps sont-ils chauds ?...

— Oui, madame... seulement...

— Seulement quoi ?...

— Je ne sais pas où on met l'iris...

— Quel iris ?...

— Les racines pour le chauffoir...

— Je ne sais pas ce que vous voulez dire...

— Ah !... Madame n'en met pas !... Ordinairement on accroche un fagot de racines d'iris dans le chauffoir... alors ça parfume le linge... j'ai toujours vu faire comme ça, mais si madame n'a pas l'habitude...

— C'est frai... — dit le banquier toujours en extase — c'est une drès ponne itée té mettre té l'iris... pur barvumer lé linche...

Contrariée de voir que le baron Bitter découvrait un raffinement qu'elle ne lui avait pas enseigné, Ève remarqua, dédaigneuse :

— Tout ça, c'est bien des arias !...

Et s'adressant à madame La Borde :

— Êtes-vous prête ?...

— Oui, madame — dit la jeune femme qui s'apprêtait à ouvrir le chauffoir. Mais la cocotte la rappela :

— Qu'est-ce que vous faites ?... Eh bien !... et le rideau !... voulez-vous baisser le rideau...

Madame La Borde leva la tête et vit qu'un long rideau de soie brodée coupait en deux la pièce, cachant, quand il était fermé, toute la partie du cabinet de toilette où se trouvait la baignoire. Elle fit glisser le cordon et elle resta seule avec Ève, laquelle cria au banquier de sa voix de fausset, grêle et pénible :

— Vous savez, j'vous écoute !... vous pouvez causer !...

Puis, se tournant vers Marthe, elle demanda :

— Quand vous y serez ?...

La jeune femme prit le fin drap de batiste ourlé de dentelle et s'approcha de la baignoire dans laquelle madame de Montmédy venait de se dresser. Mais à la vue du corps lourd et déformé qui cascadait sous ses yeux en ondes molles d'un blanc fané, elle ne put retenir une exclamation étonnée. Le baron demanda :

— Gu'est-ce gu'il y a ?...

Tandis qu'Ève s'écriait :

— Qu'est-ce que vous avez ?...

— Rien... rien... madame... — fit la jeune femme

qui mourait à présent d'envie de rire — rien... je
me suis brûlée...

On entendit gémir le fauteuil, le banquier se levait.
Il questionna, la voix émue :

— Prûlée... vortément ?...

— Non, non, monsieur le baron... très légèrement...

Le financier se rasseyait songeur. Par le rideau
entr'ouvert il avait aperçu la femme de chambre qui,
les bras levés, tendait le drap chaud à sa maîtresse
et il pensait :

— Guelle foix !... et guelle daille !... à la blace
t'Ève, ché né choisirais bas une vemme té champre
gui ait audant té cheunesse et té mondant...

Et, de son côté, Marthe se disait en enveloppant
la cocotte dans la batiste transparente :

— Ainsi, voilà !... c'est ça qu'il préfère à sa femme
fraîche et jolie !... ce corps fané d'un blanc malsain...
fi !... et cette pauvre petite Jeanne qui était curieuse
de contempler ça !... je comprends sa surprise et
son écœurement !... Je crois que la vue... immé-
diate des charmes qui l'enthousiasment, a donné
au beau Fernand le coup du lapin ?... tant
mieux !... au moins Jeanne ne se fera plus de cha-

grin pour ce vaniteux imbécile!... elle ne divorcera pas, ça n'est pas pour nous autres, le divorce!... mais elle aura la vie honnête et tranquille que j'ai, moi!... la vie d'une femme qui ne se fait pas de bile, pour qui la jalousie est lettre close... et qui n'a ni mari ni amant...

Et, en frottant les chairs qui roulaient sous ses doigts en ondes mollasses, elle se mettait intérieurement en colère :

— Quand j'ai aperçu tout à l'heure ce tas mouvant, j'ai crié de surprise... Et ce juif imbécile qui donne trois cent soixante-cinq mille francs par an pour avoir ça... ou du moins une portion de ça!... C'est inouï!... il n'est pas trop mal, ce Bitter!... ordinairement la banque juive n'est pas si bien... Il m'a joliment regardée tout à l'heure... j'espère qu'il ne se doute de rien... Oh! non!... je ne sors pas du tout... il ne peut pas me connaître... où m'aurait-il vue?...

Elle continuait à essuyer machinalement. Ève dit :

— Assez!... assez!... vous savez masser?... -

Madame La Borde répondit, interloquée :

— Non, madame... non, je ne sais pas masser...

La cocotte venait de s'allonger sur le divan. Elle répliqua en colère :

— Vous ne savez pas masser ?... vous ne savez donc rien ?...

— Mais si... je sais frictionner... si madame voulait se contenter de frictions ?...

— Eh !... les frictions, ça ne sert à rien ?...

Marthe répondit très haut :

— Je demande bien pardon à madame... c'est excellent pour la beauté, les frictions !... bien meilleur que le massage, qui abîme lorsqu'il ne s'adresse pas à des chairs excessivement fermes et capables de le supporter sans céder sous la pression...

Le fauteuil du baron Bitter gémit de nouveau et Ève dit, vexée :

— Allons !... c'est bon !... frictionnez, puisque vous ne savez faire que ça !...

— Bien, madame ! — dit Marthe qui se mit à frotter en pensant :

— Ça va !... ça va !... quand j'ai parlé de chairs

fermes, monsieur Bitter a remué... Ah ! ce que je
vais la lui démolir, sa grue !... ça m'amuse beaucoup... et ça ne sera pas difficile !... Sapristi !...
quel débris !... tout ça roule sous mes doigts que
c'en est impressionnant !...

Et, toujours très haut, elle demanda :

— Je ne fais pas mal à madame ?...

— Non... pourquoi ?...

— C'est que madame a les chairs si fines !... ça
file sous mon doigt sans faire la moindre résistance
et je...

Ève interrompit brusquement l'explication :

— En voilà assez comme ça !...

Elle passa une chemise de dentelle, un peignoir
de crêpe de Chine rose brodé d'argent et garni de
plumes roses poudrées de givre diamanté et dit :

— Relevez le rideau...

Puis, revenant maladroitement à son idée :

— Il est inouï que vous ne sachiez pas masser...
chez qui donc avez-vous servi ?...

Prise au dépourvu, Marthe hésita un instant.
La cocotte s'impatienta :

— Vous ne savez pas chez qui vous avez
servi ?...

— Si, madame — balbutia la jeune femme qui, en-
voyant le nom qu'elle avait dans l'esprit, répondit :

— Chez madame Lagny-Nancey !...

— Ah !... — firent ensemble le baron Bitter et
Ève. Puis elle ajouta :

— Il fallait donc le dire !...

L'idée vint à Marthe que là était l'occasion de
faire une rosserie supérieure et elle répondit, l'air
embarrassé :

— C'est que... c'est que je... je n'osais pas !...

— Ah !... — fit le banquier qui, se tournant vers
madame de Montmédy, lui dit en souriant :

— Fus foyez, ma chère Èfe, gué l'on sait gué
monsié Lagny-Nancey fus a...

Il s'arrêta un instant et acheva dans un éclat de
son gros rire :

— Vait la gur...

La cocotte haussa les épaules et demanda à la
femme de chambre qui attendait confuse, les yeux
baissés :

— Elle ne se faisait donc pas masser, madame Lagny-Nancey ?...

— Oh ! non ! madame !... — répondit Marthe qui ajouta, convaincue :

— Elle n'a pas besoin de ça !...

— Elle est jolie ?...

— Jolie n'est peut-être pas le mot... elle est mieux que jolie...

— Enfin, comment est-elle ?... dans mon genre ?...

— Oh !... non !... elle est incontestablement moins belle que madame...

— Ah !... vraiment ?...

— Oui... seulement, c'est autre chose... autre chose de très jeune, de très frais, qui plaît beaucoup...

— Donnez-moi des mules plus chaudes... j'ai froid aux pieds... là !... c'est bien !... vous pouvez vous en aller à présent...

Le baron Bitter se récria :

— Gomment ?... fus né fus vaides bas goiffer gomme t'hapidute ?... il mé semble gu'il mé manguérait guelgué chose si ch'allais tonner les ortres à mes pureaux sans fus afoir fu goiffer...

— Vous voulez que...

— Ché fus en brie... né chanchez rien...

Ève désirait vivement se débarrasser de sa nou velle femme de chambre dont le bavardage malen-contreux l'énervait et lui semblait préjudiciable à sa beauté. Mais elle craignit que si elle boule-versait ainsi de fond en comble ses habitudes de toilette le baron ne soupçonnât le but de ce chan-gement. Elle voulut rappeler la jeune femme qui sortait. Alors elle s'aperçut qu'elle ne savait pas son nom.

— Eh !... mademoiselle !... Comment vous ap-pelez-vous ?...

— Marthe, madame...

— Marthe !... c'est pas un nom de femme de chambre, Marthe !...

— On m'appelle généralement Martine... ou Mar-tinette...

— Mardinette !... c'est drès chendil, Mardinette !...

— fit le baron tout à fait emballé.

— BON VOYAGE!... ALLEZ ÉPATER LES GOGOS AVEC
VOTRE MARQUE!... (P. 144).

8

— Coiffez-moi ?... — dit Ève en s'asseyant comme la veille devant la psyché.

« Martinette » revint sur ses pas, prit les brosses et les peignes et se mit à démêler silencieusement les cheveux pauvres, ternes et inégaux.

Et le baron en la regardant pensait à part lui :

— Elle est merfeilleuse cette gréadure !!... l'air t'une tuchesse... ou t'un drottin bar moments... et on né sait bas léguel l'emborde té la tuchesse ou tu drottin... Ah ! elle serait amusante à lancer !... quel bédart !... Ché suis sûr gué, pien hapillée, elle aurait une té ces allures et un té ces succès...

A ce moment la femme de chambre dit :

— Quelle eau madame emploie-t-elle pour ses cheveux ?... Madame a un tas de petites pellicules...

Ève demanda, inquiète :

— Ah ! mon Dieu !... à quoi ça tient-il ?...

Martinette répondit avec franchise :

— Oh !... c'est de l'eczéma !... tout simplement...

— Qu'est-ce que c'est que ça ?...

Ce fut le banquier qui déclara, l'air bonhomme :

— C'est une maladie té beau !...

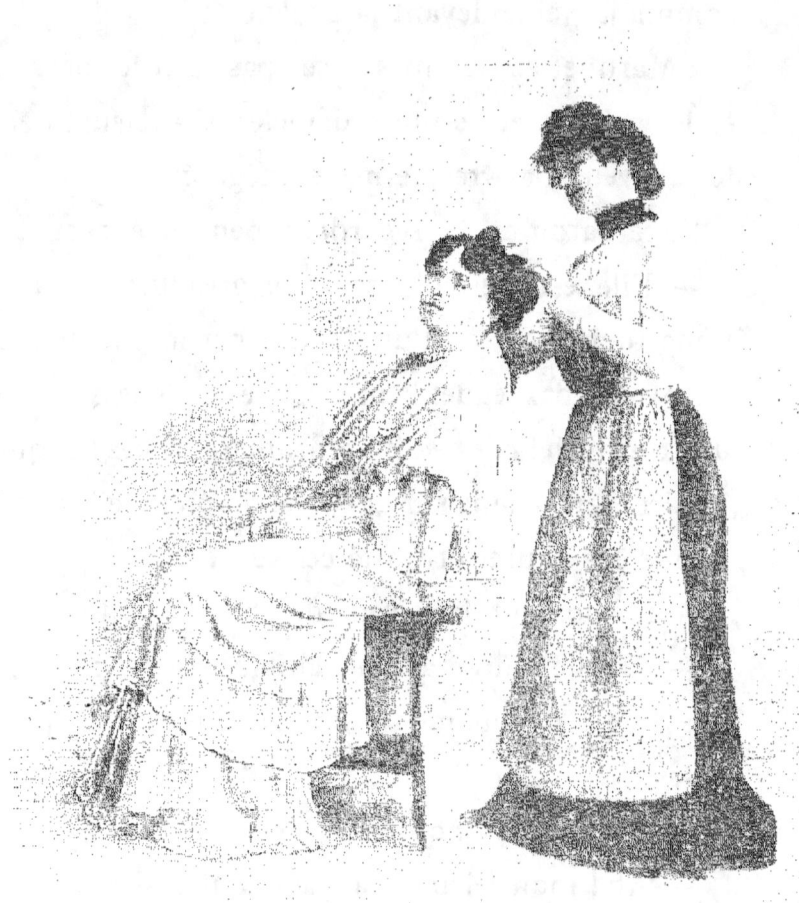

Ève, très vexée, ne broncha pas. Elle demanda, en glissant un œil en coulisse vers le baron qui lui répéte volontiers qu'elle. a « une nuque d'impératrice romaine » :

— Comment allez-vous me coiffer ?... je tiens à avoir la nuque dégagée...

Mais le baron Bitter, qui dévorait des yeux la femme de chambre, n'aperçut même pas ce regard. Elle reprit dépitée :

— La nuque dégagée, j'y tiens beaucoup !...

Martinette répondit froidement :

— Madame a tort !... Certainement madame a une très belle nuque... bien que les cheveux ne soient pas plantés tout à fait assez bas sur le cou ni tout à fait assez près des oreilles... Oh !... c'est vrai !... je n'avais pas remarqué !... Madame a un grand vide derrière les oreilles !... on dirait une allée de parc !...

Ève de Montmédy regarda le baron, espérant qu'il était toujours distrait. Mais comme c'était, cette fois, la femme de chambre qui parlait, il écoutait en souriant.

Martinette reprit :

— Ce n'est pas seulement pour dissimuler les vides que je conseille à madame de ne pas dégager sa nuque, c'est parce que, quand le menton et les joues commencent à s'alourdir, les coiffures relevées font ressortir davantage ce petit défaut...

— Coiffez-moi donc comme vous l'entendrez !... — dit Ève que ces commentaires horripilaient, — peu m'importe !... comme madame Lagny-Nancey si vous voulez ?...

— Oh ! ça, madame, c'est impossible !...

— Pourquoi ?...

— Madame Lagny-Nancey fait une coque Restauration à racines droites... comme ceci...

Elle inclina sa petite tête, où la masse lourde des cheveux tordus miroitait malgré la demi-obscurité de la pièce, et dit :

— On ne peut pas ajouter de faux cheveux... et madame n'en a pas assez pour...

— Oh !... — fit le baron Bitter avec une intonation admirative qui sonna douloureusement aux

oreilles d'Ève. — Oh!... en afez fus, tes chéfeux!...
en afez fus!...

Et, comme l'éducation — reçue dans sa petite
enfance à « Francfurt » — avait été plutôt sommaire,
et que le Français, appris sur le tard, avait encore
pour lui pas mal de secrets, il complimenta, extasié :

— C'est une chéfélure luxurieuse!...

Voyant que la jolie femme de chambre riait, il
répéta :

— Ça fus vait rire!... on a burdant tu fus lé tire
sufent gué vus afez une chéfélure luxurieuse?...

Et, en lui-même, comme on ne lui répondait pas,
il continua de penser :

— C'est frai gue cette ponne Éfe n'a bas brécisé-
ment une chéfélure luxurieuse, elle!... ce sont les
belligules gui lui apîment les chéfeux... Fui... mais
aussi burguoi a-t-elle tes belligules?... Bosidifé-
ment elle se técatit... et elle mé gùte aussi cher
gue si elle édait vraiche... Ché né sais bas si c'est
tebuis gué ché la fois à godé té cette merfeille té
vemme té champre... mais tébuis guelques insdants
ché sens gué ché la brends en crippe...

... Tandis qu'on la coiffait, Ève de Montmédy se polissait les ongles. Martinette jeta les yeux sur ses mains et reprit :

— Madame ne trouve pas que sa pommade pour les ongles est trop rouge... ça n'est pas joli... il vaut mieux un rose comme...

Elle étendit sa main et acheva :

— Comme ça !...

Cette fois, le banquier bondit en disant.

— Mâdin !... c'est à fus, ces mains-là !...

— Dame !... — fit Martinette sérieuse — à qui monsieur le baron voudrait-il que ça soit ?...

Et elle se remit à son travail d'un air appliqué.

— Guelles mains !... — pensait le baron Bitter éperdu — guelles mains !... l'audre à tes appaddis t'un ganaille gui mé réfolte... moi gui, burdant, né tescend bas tes groisés...

La femme de chambre enleva le peignoir de batiste qu'elle avait jeté sur les épaules de sa maîtresse et dit :

— Voilà !... Madame est coiffée !...

Ève se regarda dans la glace et se trouva belle. Quel

malheur — pensa-t-elle — que cette petite bécasse

qui coiffe et sert si bien soit si gaffeuse et si jolie
qu'il faille la renvoyer au plus tôt ! Car, pas moyen
de la conserver !... Outre qu'elle est maladroite et
signale ce qu'il faudrait cacher, cet idiot de Bitter
n'arrête pas de la regarder... Je ne crains rien...
non, évidemment... mais ça m'agace...

Et, voulant se débarrasser de Martinette, elle dit :

— C'est bon... je n'ai plus besoin de vous... Allez
préparer ma robe... je m'habillerai dans ma chambre... Vous trouverez dans le tiroir du chiffonnier
où sont les corsets, le corset pompadour...

Martinette prit un air niais et effaré :

— Oh !... madame met un corset !...

— Mais naturellement...

— Madame pourrait s'en passer...

— Hum !... — fit doucement le baron Bitter.

Ève se retourna furieuse :

— J'en mets un... on croirait à vous entendre
qu'on peut faire autrement ?...

— Mais oui, madame, on peut...

— Ah ! je serais curieuse de voir ça, par
exemple !...

Martinette se campa au milieu du cabinet de toilette et dit en riant de toutes ses dents :

— Eh bien, madame n'a qu'à me regarder !...

La cocotte haussa les épaules et fit, inquiète :

— Comment ?... vous ne... quelle blague !...

Et le baron Bitter dit, suffoqué d'admiration :

— Bas bossiplé !!!...

Martinette s'approcha de son pas glissant et proposa :

— Si monsieur le baron veut bien me pincer, il verra que je n'ai rien sous ma robe ?...

Elle se reprit et ajouta :

— Rien que ma chemise...

A ce moment on frappa. Ève commanda avec humeur :

— Voyez ce que c'est, Martinette !...

Madame Laborde revint en disant :

— C'est le tapissier qui est là pour les tentures de la chambre de madame...

— Bien... j'y vais !...

Ève se leva, et voyant que le baron ne bougeait pas :

— Venez-vous, mon ami ?...

— Burguoi vaire ?...

— Pour choisir les tentures...

— Eh pién, mais fus n'aféz bas pésoin té moi bur ça...

Madame de Montmédy insista et, presque tendre, elle expliqua :

— Les tentures de ma chambre, mon ami... de ma chambre, entendez-vous ?... ça vous régarde un peu, il me semble ?...

Il répondit goguenard :

— Un peu, fui !... mais ça en récarte dant t'audres à un écal técré gué ché ne fois bas pien l'udilidé té mé térancher buisqué fus né téranchez bas les audres... Allez ! Allez ! ma chère Éfe !... vaides fos bédits arranchements auxguels, moi, ché n'endends rien... Allez !... fus afez garté planche... et bur lé brix et bur lé demps qué ça fa fus gûder...

Madame de Montmédy hésita un instant, puis elle prit son parti en lançant un coup d'œil rien moins que tendre à la jolie femme de chambre qui souriait.

Dès qu'elle fut sortie, le baron Bitter se leva
d'un bond et saisit par la taille Martinette qui se
dégagea d'un mouvement
brutal en disant :

— A bas les pattes !...

Le financier protesta :

— Gomment, à pas les
battes !... en foilà tes va-
çons, bur une ville gui,
bas plus dard gué dut à
l'heure, m'infidait à la bin-
cer...

— C'est possible !... mais
alors je vous invitais à faire
une constatation...une
simple constatation...

— Eh pien, c'est à
brésent gué ché feux
la vaire, cette simblé
gonsdadation...

Et, changeant de ton, il ajouta en dévorant de
ses gros yeux madame La Borde :

— Tis tonc... sais du gué du es picrément cholie ?...

— Oui... on me l'a dit...

— Sufent ?...

— Assez souvent...

— Et té l'a t'on téchà brufé ?...

— Prouvé comment ?...

— Mais en d'ovvrant un choli hôtel et tes peaux
chéfaux et... cent mille vrancs bar an bur tes
ménus blaisirs...

Et à part lui, il pensa :

— C'est assez bur gommencer !...

Martinette se mit à rire et répondit :

— C'est très gentil certainement...

— Alors, du accebtes ?...

— Non !... je vaux mieux que ça !...

Le baron Bitter était tout à fait empoigné. Il hésita un instant et dit vaincu :

— Eh pien, vais tes contitions ?...

— Et madame ?... — demanda en riant la femme
de chambre — qu'est-ce qu'elle dira, madame ?...

— Matame !... Eh ! ché m'en viche bas mal, té

matame !... la breufe, c'est gué si du accébtes ma brobosition ché d'insdalle sur le même bied qu'elle... et ça, dut té suite... Eh bien, c'est gonfénu ?...

— Non... pas encore !...

Le baron prit son chapeau qu'il avait posé sur un meuble et dit :

— Fus révlichirez... si fus accebdez, écrifez moi un mot à cette atresse...

Il lui donna une carte et reprit :

— C'est l'atresse té mes pureaux... barce gué il ne vaut bas m'égrire à mon tomicile à gause té la paronne gui ufre dutes mes lettres... même celles où il y a égrit *bersonnel* — surdut celles où il y a égrit bersonnel... Fui... surdut... fus la gonnaissez, la paronne ?...

— Non, mais je connais les femmes en général...

— Allons, atié !... révléchissez afant té rebontre une pêtise...

— Où allez-vous ?...

— Ché m'en fais !...

— Vous n'attendez pas madame ?...

— Ah non !... ché né beux blus la foir, matame !...

— Parce que ?...

— Barce gué ché n'ai blus, cràce à fus, augune
illusion... alors, gui est-cé gue fus fulez gué ché
vasse t'une vemme gui a tes allées té barc terrière
les oreilles ?... et une chair gui clisse sous les toigts
sans augune résisdance... Ah ! non !... non ! C'hen
ai assez !...

Martinette demanda :

— C'est fini, fini ?...

— Vini, vini !...

— Alors, que monsieur le baron me fasse un
plaisir ?...

— Dut cé gué fus futrez...

— Eh bien, voilà !... J'ai servi, comme je l'ai dit
tout à l'heure à madame, chez madame Lagny-Nancey...

— Tu chambagne Nancey ?...

— Parfaitement, du champagne Nancey... ma
dame Lagny-Nancey adore son mari...

— Quel trôle té cût !...

— BAISEZ-L... S-JENT... C'EST FINI, NOUS DEUX!...
(P. 152.)

— Oui... enfin c'est le sien !...

— Ché saïs pien... tes cûts et des guleurs il né vaut bas tisguder...

— Et elle a un grand chagrin de savoir qu'il vient chez madame de Montmédy...

— Fui... ét abrès ?...

— Après, monsieur le baron, si vous vouliez bien... faire. mettre monsieur Lagny-Nancey à la porte par Madame... vous feriez un rude plaisir à sa femme et à moi...

— Ché feux drès pien fus vaire blaisir !... mais gomment ?...

— En écrivant la lettre que je vais vous dicter.... si madame ne revient pas tout de suite...

— Oh !... nus afons lé demps, allez !... guand elle est avec lé dabissier, c'est bur tes heures endières... ché suis même pien vâché té lui afoir tonné gardé planche... mais c'était bur rester seul afec doi blus longdemps... ça né d'addendrit bas, ça ?...

— Si... mais écrivez, voulez-vous ?...

— Ché feux pien !...

Il s'assit à une petite table placée dans un coin

du cabinet de toilette. C'était là que, bien souvent,
Ève avait écrit les billets où elle l'avertissait qu'elle
ne serait pas libre dans la journée, ou qu'elle avait
la migraine, ou qu'elle dînait avec sa mère « qui la
croyait toujours honnête », etc., etc., etc...

Les papiers de nuances diverses, ornés de devises
et d'emblèmes variés, gisaient pêle-mêle dans une
boîte capitonnée d'un parfum violent...

Le baron Bitter choisit une feuille satinée d'un
rose de chair où cette devise, écrite en lettres
diamantées, étincelait :

    « Chacun pour moi et moi pour tous ! »
et dit en souriant :

— Ché né bufais bas mieux domper !...

Puis, trempant la plume dans l'encrier, il écrivit
ce que Martinette lui dicta :

    « Ma chère Ève,

   « Votre intimité avec monsieur Lagny-Nancey
« prend depuis quelque temps des proportions —
« je ne dirai pas inquiétantes... car je ne m'inquiète
« plus — mais ridicules. Il y a longtemps que je
« voulais vous en parler, j'hésitais toujours ! Au-

« jourd'hui, je me décide à vous prier de choisir

« entre lui et moi ?...

« Je ne reviendrai donc pas chez vous avant que

« votre choix ne soit fait. Après, nous verrons... »

Le baron protesta :

— Gomment « abrès, nus ferrons !... » ?... Mais ché né beux bas tire ça buisgué ché m'en fas sans augun esbrit té rédur...

— Ça ne fait rien !... il faut le dire quand même... sans ça il n'y aurait rien de fait...

— Et si ché consens à dut ce gué fut fulez, buis-che esbérer, au moins, gué fus fus mondrerez régonnaissante, bédite Mardinette ?...

— Oui !... oui !... nous verrons !... allons !... filez vite !... elle va revenir... il ne faut plus qu'elle vous trouve là !...

VI

Dès que le baron Bitter fut sorti, madame La Borde s'esquiva. Elle s'en fut dans la chambre aux robes d'où, peu après, elle entendit sonner avec rage.

Elle ne bougea pas. Le manque d'habitude l'empêchait de comprendre que c'était pour elle que la sonnette affolée retentissait.

A la fin, Baptiste arriva effaré :

— Ben... vous n'entendez donc pas?..

— Quoi donc?...

— Qu'elle vous sonne, nom de nom!... Ben, à la bonne heure, vous ne vous faites pas de bile vous, au moins !...

Et comme la femme de chambre se mettait à courir, il ajouta :

— Vous pouvez vous trotter... il y a de l'orage dans l'air !..

Quand Martinette entra dans le cabinet de toilette, sa maîtresse debout, la lettre du baron à la main, allait et venait comme une bête en cage. Elle demanda :

— Où est-il ?...

— Qui ça, madame ?..

— Le baron ?..

— Parti, madame...

— Et il n'a rien dit ?..

— Rien dit, non, madame... mais il a écrit...

— Je le vois bien !.. mais avant d'écrire, il ne vous a rien dit ?...

— Non, madame...

— Quel air avait-il ?...

— Un air en colère... il s'est promené à travers la chambre comme dans ce moment-ci madame...

— Et après ?...

— Après, il a été s'asseoir à la petite table... et il a écrit la lettre...

— Et il n'a pas dit s'il reviendrait ?..

— Il a dit : Vous direz à madame de m'avertir

quand elle aura suivi les indications que je lui
donne dans cette lettre... Jusque-là...

— Jusque-là ?...

— Jusque-là : « bonsoir, Martinette!... »

Ève de Montmédy furieuse continuait à aller et venir dans l'appartement. Elle reprit :

— Que je suive les indications de sa lettre... ben, ça ne va pas traîner!... justement en voilà une de Lagny-Nancey, de lettre!... il vient me demander à déjeuner au débotté... ah! je vais le recevoir celui-là!.. ah! cet imbécile qui m'affiche au lieu de se tenir tranquille dans le coin!... qui embrouille les cartes par sa maladresse et sa vanité!... Monsieur Lagny-Nancey du champagne Nancey!... s'en fait-il une réclame avec son champagne!... ce que je te vais le flanquer à la porte, le champagne Nancey!...

On entendit le timbre de la porte d'entrée et Ève s'écria, rageuse :

— Ah! le voilà!... Vous allez voir ça!...

— Oh! oui!.. — dit la femme de chambre suppliante — oh oui!.. que madame me permette de voir ça?... je serais si contente!...

Étonnée, madame de Montmédy demanda :

— Qu'est-ce que ça peut vous faire?...

— Ça m'amuserait, madame... parce que je le connais, moi, monsieur Lagny-Nancey!...

— Tiens!... c'est vrai!... vous avez été au service de sa femme?... eh bien, il va vous reconnaître... ça l'embêtera!... tant mieux!...

— Est-ce que madame va le recevoir là?...

— Oui...

— Oh!... si madame me permettait de baisser les rideaux de la baignoire et de me cacher derrière...

— Faites comme bon vous semblera... dépêchez-vous seulement...

A l'instant où Marthe disparaissait derrière les rideaux, Baptiste entra et dit :

— Madame, c'est monsieur Lagny-Nancey...

— Qu'il entre!... — répondit Ève d'une voix que la colère enrouait.

Le beau Fernand entra, frais, reposé, l'air satisfait de sa personne; étalant sa belle barbe rutilante; roulant ses grands yeux. Mais cette fois le roulement resta sans effet, Ève le regardait, dure et majestueuse.

Déconcerté par cet accueil inaccoutumé, Fernand dit :

— Me voilà !... j'arrive de Champagne !...

Voyant qu'elle ne répondait rien, il murmura, perdant peu à peu son bel aplomb :

— Ça ne te gêne pas, au moins, que je vienne te demander à déjeuner aujourd'hui ?...

Elle cria, mauvaise et vulgaire :

— Si, mon petit !... ça me gêne aujourd'hui ou pas aujourd'hui... n-i ni !... c'est fini, nous deux !...

Il balbutia, éperdu :

— Mais qu'est-ce qu'il y a, mon Dieu !... qu'est-ce qu'il y a ?...

— Y a que tu peux filer !... t'as compris !.. on t'a assez vu !... allons, ouste !!...

Cette fois, le beau Fernand regimba. Ahuri, mais, ne se tenant pas pour battu, il voulait des explications quand même. Il dit :

— Je ne bougerai pas tant que vous ne m'aurez pas expliqué ce qui me vaut cet accueil étrange ?...

D'un geste tragique, madame de Montmédy lui

tendit la lettre du baron Bitter. Il la lut, la replia et la rendit à Ève, en disant :

— Alors, je n'ai plus qu'à me retirer en effet...

— J'te crois!... à moins que tu ne veuilles abouler les 365 mille balles par an... auquel cas je te donnerai la préférence...

— Non! merci... le champagne Nancey ne rapporte pas ça!...

— Tu veux dire qu'il ne te rapporte pas ça!... parce que c'est pas toi, le champagne Nancey, c'est ta femme!.. c'est pas ton nom, Nancey!...

— Oh!... — fit le beau Fernand, avec une moue de dédain, — je t'engage à ne pas être trop difficile pour les noms... parce que le tien... les tiens même, ne sont peut-être pas ta propriété si légale que ça!...

— Ben quoi?... est-ce que j'm'en cache — s'écria madame de Montmédy cessant de se contraindre et reprenant dans le feu de la discussion sa sincérité et son accent pur sang — est-ce que j'ai la prétention d'm'appeler comme j'm'appelle, moi!...

Et se campant les poings sur les hanches devant le correct Fernand que cette transformation ahurissait, elle se présenta en hurlant :

— Joséphine Trouillot!... native de Montmédy,

Meuse!.. j'me suis appelée Montmédy pac'que mes
premiers amants m'ont
conseillé d'prendre
c'nom-là qui traînait
sans être à personne...
Après, j'me suis appe-
lée Ève, pac' que d'puis
un' vingtaine d'années
toutes les cocottes qui
s'respectent s'appellent
Ève... comme elles se
sont appelées toutes
Marguerite ou Cora à
d'aut's séries !.. j' m'en
cache pas moi, d'être
c'que j'suis !...

Fernand prit un
air digne et dit,
grave et froid :

— Je vous
remercie
de vous

être montrée à moi telle que vous êtes... Au revoir...
je souhaite que d'autres que moi soient pris à vos
parchemins et à vos charmes, sans s'apercevoir dès
le début que les uns et les autres sont frelatés...
adieu !...

Ève cria, furieuse :

— Bon voyage !... allez épater les gogos avec vot'
marque !...

Quand monsieur Lagny-Nancey fut parti, Ève de
Montmédy souleva les rideaux pour faire sortir Martinette et rire avec elle du congé si radicalement
donné, mais elle ne trouva plus personne.

Elle sonna. Ce fut Baptiste qui vint. Alors elle
dit :

— Mais non !.. ça n'est pas vous que j'ai sonné...
c'est la femme de chambre...

Baptiste répondit :

— La femme de chambre est partie, madame...

— Comment partie... partie pour où ?...

— Pour tout à fait, madame... elle a dit que la
maison était trop mouvementée pour elle...

ÉPILOGUE

A l'heure du dîner, monsieur Lagny-Nancey arriva chez lui avec ses bagages comme s'il venait de débarquer au train de cinq heures à la gare de l'Est.

Sa femme était dans le petit salon blanc avec Marthe. Il y entra.

Le congé qu'il venait de recevoir l'avait d'abord fortement secoué.

Malgré tout il tenait à Ève. Depuis un an déjà, il avait l'habitude d'aller chez elle. Le baron Bitter, très pris par ses affaires, laissait libre presque tout le temps sa maîtresse et Fernand avait peu à peu abandonné son foyer.

10

Le premier moment de surprise passé, monsieur Lagny-Nancey revit froidement, et la scène qui venait d'avoir lieu et la femme qui l'avait faite, et il remit inconsciemment les choses au point.

Ève, tout à l'heure, avec ses traits durcis, ses rides creusées tout à coup, son visage d'un blanc de cosmétique, lui était apparue comme une vieille femme qu'il voyait pour la première fois.

Et ce langage canaille, ces gestes ignobles, lui avaient soudain révélé l'âme qu'il n'apercevait pas jusque-là.

Lorsqu'il entra dans le petit salon embaumé de lilas où sa femme et sa cousine chuchotaient en riant, il lui sembla qu'il respirait dans une atmosphère exquise d'élégance et de tranquillité.

Jeanne et Marthe lui parurent éblouissantes de jeunesse, de sincérité et de fraîcheur.

Et la pensée de reprendre la vie d'intérieur, de profiter de la jolie femme qui l'avait choisi entre tous et qui l'aimait si tendrement, lui vint.

Il ne vit pas le rire qui luisait dans les yeux

des deux cousines, ni l'intonation gouailleuse avec laquelle Jeanne fit cette remarque :

Comme vous êtes propre !... on ne dirait pas que vous descendez du train !...

Madame Lagny-Nancey voulait garder à dîner

Marthe qui refusa. Et il éprouva de ce refus une sorte de joie. Il avait hâte de se trouver seul avec sa femme. Il se figurait son bonheur quand il allait lui soumettre le nouveau plan de vie qu'il venait de concevoir.

Et le soir, après le dîner, tandis que madame Lagny-Nancey rêvait, jolie comme un amour dans une souple robe rose qui se confondait avec sa peau, il s'approcha d'elle et proposa, amoureux et sincère :

— Veux-tu, ma Jeanne chérie, que nous reprenions cette vie que tu regrettes et que moi je regrette aussi ?... Veux-tu que nous redevenions les amoureux d'il y a trois ans ?... veux-tu, dis ?...

Elle demanda, et il fut surpris et gêné de la sentir si calme :

— Qu'est-ce donc qui vous rend ainsi tendre et sentimental ?... je ne vous reconnais plus !...

Il bafouilla, embarrassé :

— C'est... c'est ce séjour à la campagne qui... qui m'a...

Elle acheva, dans un éclat de rire :

— ... Rendu meilleur !... la campagne rend meilleur !...

Le « beau Fernand » pensa que des gestes auraient
peut-être plus d'éloquence. Il se pencha vers sa

femme et chercha à la prendre dans ses bras. Mais elle se leva toute droite et le récit de « Martinette » lui revenant soudain à l'esprit, elle cria, — sèche et dure, elle aussi — en pensant à sa vie gâchée, à son bonheur perdu :

— Laissez !... N-i-ni !... c'est fini, nous deux !...

Puis, comme il reculait ébahi, elle dit gracieuse, indifférente, guérie à tout jamais de l'amour envolé :

— Mon pauvre ami !... aujourd'hui, vous n'êtes pas en veine !...

Parus dans la Collection " Excelsior "
PRIX BROCHÉ **3** FR. **50** — RELIÉ **5** FR.

~~~~~

PIERRE GUÉDY

AMOUREUSE TRINITÉ

~~~~~

GYP

TOTOTE

~~~~~

RENÉ MAIZEROŸ

LA CHAIR EN JOIE...
LE CŒUR EN PEINE

~~~~~

LEPELLETIER ET C. ROCHEL

LES AMOURS DE DON JUAN

~~~~~

PAUL ET VICTOR MARGUERITTE

LE POSTE DES NEIGES

~~~~~

RENÉ MAIZEROŸ

AMUSEUSE

Ameublements de Style

MERCIER FRÈRES

Rue du Faubourg-Saint-Antoine, 100

PARIS

CARROSSERIE

Félix COSSET

Grand Choix de Voitures Neuves et d'Occasion

35, AVENUE WAGRAM,

8, RUE DE L'ÉTOILE

PARIS

www.ingramcontent.com/pod-product-compliance
Lightning Source LLC
Chambersburg PA
CBHW051146260626
47170CB00005B/1987